Melissa Foster

Liebe ungebremst

Die Autorin

Melissa Foster ist eine preisgekrönte *New-York-Times-* und *USA-Today-*Bestsellerautorin. Ihre Bücher werden vom *USA-Today-Bücherblog*, vom *Hagerstown Magazin*, von *The Patriot* und vielen anderen Printmedien empfohlen. Melissa hat mehrere Wandgemälde für das *Hospital for Sick Children*, eine Kinderklinik in Washington, D. C., gemalt.

Besuchen Sie Melissa auf ihrer Website oder chatten Sie mit ihr in den sozialen Netzwerken. Sie diskutiert gern mit Lesezirkeln und Bücherclubs über ihre Romane und freut sich über Einladungen. Melissas Bücher sind bei den meisten Online-Buchhändlern als Taschenbuch und E-Book erhältlich.

www.MelissaFoster.com

Melissa Foster

Liebe ungebremst

Die Bradens

LOVE IN BLOOM – HERZEN IM AUFBRUCH

Aus dem Amerikanischen von Janet König

Die Originalausgabe erschien erstmals 2015 unter dem Titel
»Daring Her Love« bei World Literary Press, MD, USA.

Deutsche Erstveröffentlichung
2023 bei World Literary Press, MD, USA
© 2015 der Originalausgabe: Melissa Foster
© 2023 der deutschsprachigen Ausgabe: Melissa Foster
Lektorat: Judith Zimmer, Hamburg
Umschlaggestaltung: Elizabeth Mackey Designs

Vorwort

In *Liebe ungebremst* lernen Sie Eric James und Kat Martin kennen und natürlich begegnen Ihnen einige unserer heißen, wohlhabenden und unverschämt sexy Bradens. *Die Bradens* sind nur eine der vielen Serien aus der weitverzweigten »Love in Bloom – Liebe im Aufbruch«-Sammlung. Jedes Buch der Reihe kann für sich oder als Teil der Serie gelesen werden, also stürzen Sie sich gleich hinein in das unterhaltsame und leidenschaftliche Abenteuer. Die Figuren aus allen Bänden tauchen immer wieder auf, sodass Sie keine Verlobung, Hochzeit oder Geburt verpassen. Eine vollständige Liste aller Serientitel sowie Ausblicke auf kommende Veröffentlichungen finden Sie am Ende dieses Buches und auf meiner Website:
www.MelissaFoster.com/Herzen-im-Aufbruch

Besuchen Sie auch meine Seite mit »Reader Goodies«! Dort finden Sie Serienübersichten, Checklisten, Stammbäume und mehr:
www.MelissaFoster.com/Checklisten_und_Stammbaume

Um sich über Neuerscheinungen und exklusive Inhalte auf dem Laufenden zu halten, abonnieren Sie am besten meinen Newsletter.
www.MelissaFoster.com/Newsletter_German

Eins

Es waren seine Augen. Eindeutig seine Augen. Sie gehörten zu der Art von Augen, die Dinge ausdrückten, die Kat Martin in der Old Town Tavern, ihrem Arbeitsplatz in Richmond, Virginia, immer sofort durchschaute – und die sie im vergangenen Jahr gemieden hatte. Einen Frauenhelden erkannte sie aus meilenweiter Entfernung, anhand des teuren Anzuges ebenso wie an dem offenen Hemd, das gerade genug Haut und wenige Brusthaare in Szene setzte, um eine Frau innerlich erschaudern zu lassen. Und dieser Mann wusste sich eindeutig in Szene zu setzen! Kats Unterleib meldete sich mit verrückten Ansprüchen, denn selbst quer durch die gut gefüllte Flughafenbar erreichte sie der intensive Blick dieses unfassbar sexy Mannes und lockte mit unanständigen Dingen, mit denen sie sich in dieser Phase ihres Lebens auf keinen Fall abgeben sollte.

Kat hatte sich über Jahre hinweg zur Genüge ausgetobt. Seit ihre beste Freundin Brianna von dem Rennfahrer Hugh Braden erobert worden war, sehnte sich Kat jedoch nach mehr. Nachdem sie miterlebt hatte, wie sich ihre Freundin voller Glückseligkeit in einen Mann verliebt hatte, der sie und ihre Tochter Layla auf Händen trug, war Kat wählerischer in Bezug auf Männer und die Art, wie sie behandelt werden wollte, geworden. Und sie musste zugeben, dass sie sich deshalb etwas einsamer fühlte. Einen coolen großen, starken Mann zu finden, der auch noch liebevoll, monogam und romantisch war, glich der sprichwörtlichen Suche nach der Nadel im Heuhaufen.

Oh! Der Kerl mit dem verheißungsvollen Blick setzte sich in Bewegung, und – *Wow!* – der Typ ging nicht einfach nur, er bewegte sich geschmeidig wie eine Raubkatze. Mit langsamen, entschlossenen Schritten, die eindeutig Kats Pulsschlag ankurbeln sollten – *Und das gelingt dir verdammt gut!* – und deren Wirkung verstärkt wurde durch seine Augen, die Kraft, Sinnlichkeit und lustvolle Versprechen ausstrahlten. Versprechen, die Kat noch ein Jahr zuvor allzu gern eingelöst gesehen hätte, doch jetzt war sie auf der Suche nach dem Richtigen, nicht nach kurzlebigen Abenteuern.

Meine Güte, er hatte auch noch diesen sexy Wuschelkopf und genau den richtigen Bartschatten auf seinem nicht ganz so markanten Kinn, was ihn blöderweise noch heißer machte. Und sein Mund. *Zum Anbeißen.* Kat hatte eine Schwäche für Münder und all die lustvollen Dinge, die sie anstellen konnten. Dieser Kerl hatte zwei süß geschwungene Bögen über einer vollen Unterlippe, an denen sie nur allzu gern geknabbert hätte. Diese Art von Gedanken hatte sie schon so lange nicht mehr gehabt, dass sie sich fragte, womit sie diese Versuchung verdiente. Ihren Flug hatte sie bereits wegen eines Sturmes verpasst. Musste sie jetzt wirklich den Abend damit verbringen, Adonis persönlich zu widerstehen? Wahrscheinlich hatte er auch noch eine beeindruckende Ausstattung in der Hose. Wäre das nicht die berühmte Kirsche auf der Sahnetorte?

Er legte eine Hand auf die Rückenlehne ihres Stuhls und sofort schoss die Temperatur im Raum in die Höhe. Während er sich neben sie setzte und sein himmlischer Duft zu ihr hinüberwehte, sah er sie an, als hätte er sein Revier bereits abgesteckt. Kat wusste, dass es bei Typen wie dem hier immer um Kerben am Bettpfosten und um Beutefang ging, und sie hatte es satt, als Beute herzuhalten. Sie war auf der Suche nach einem Vogel, der im Nest blieb, nicht nach einem vorbeifliegenden Kuckuck.

Sie schaute verstohlen zu ihm hinüber und bereute es sofort. Sein Gesicht hatte klare Konturen und wirkte entwaffnend jugendlich, als wäre er zwar zu einem Mann geworden, doch der Teenager in ihm weigerte sich hartnäckig, vollkommen die Segel zu streichen. Diesen Gesichtszug kannte und liebte Kat so sehr, dass sie ganz nervös wurde.

Er gab dem Barkeeper ein Zeichen. »Einen Bourbon Sour, bitte.«

Das typische Getränk eines Bad Boys. »Klar doch.« *Mist.* Sie hatte das nicht laut aussprechen wollen, und das Zucken seiner Mundwinkel verriet ihr, dass er offensichtlich genau wusste, was sie meinte. Sie versuchte, den männlichen Duft zu ignorieren, der ihr die Sinne vernebelte, und legte den Kopf in den Nacken, um ihren Martini hinunterzustürzen. Das müsste ihre Nerven doch beruhigen.

Der Barkeeper stellte ihm seinen Drink auf den Tresen.

»Danke. Würden Sie dieser wunderschönen Dame noch ein Glas von dem zubereiten, was sie gerade hatte? Wie es scheint, habe ich sie durch meine Getränkewahl zum Trinken animiert.« Er verengte die Augen ein klein wenig, ließ so das verschmitzte Funkeln erkennen, das seine Verruchtheit betonte, und – *meine Güte!* – das wiederum machte sie nur noch mehr an.

So fand sie ihren Mr. Right mit Sicherheit nicht.

Sie versuchte nicht einmal, so zu tun, als hätte er ihre Bemerkung falsch verstanden. Dieser Typ war zu clever, als dass sie auf unschuldig hätte tun können. »Danke. Einen Lemon Drop Martini, bitte.«

»Sehr gern.« Er beugte sich vor und sein Knie berührte leicht das ihre. »Ich bin Eric.«

Mit seinen bernsteinfarbenen Augen – einer verlockenden Mischung von Gelb- und Brauntönen, die aus der Nähe sogar noch verführerischer war – sah er sie an, als gingen ihm all die Dinge durch den Kopf, die er mit ihr anstellen wollte, während er gleichzeitig ihre Reaktion genau abschätzte. Nervös rutschte sie auf ihrem Hocker herum.

»Kat«, brachte sie mühsam hervor.

Eric bezahlte ihre Getränke und hob sein Glas. »Auf Bourbon Sours und Lemon Drop Martinis.« Seine sonore Stimme klang selbstbewusst, mit einem Unterton von Stärke und Begehren. »Und auf all das, was noch kommen mag.«

Heiliger Strohsack! Unter »all das« konnte sie sich eine Menge vorstellen, und genau das war das Problem. Sie hätte jetzt aufstehen und gehen sollen. Sich eine Stunde voller Anspielungen ersparen sollen, mit denen sie nur ihre Zeit vergeudete. Dies war nicht der Typ Mann, der blieb. Oh nein! Dies war der Typ Mann, der sich anpirschte, sich nahm, was er wollte, und sich dann so schnell wie möglich wieder davonschlich. Sie kippte den Drink hinunter und genoss das süße Brennen in der Kehle.

Er lehnte sich noch näher zu ihr hinüber. »Ich beiße nicht«, sagte er.

Wenn Kat eines bei ihrer Arbeit in der Bar gelernt hatte, dann dass man Typen wie diesen nur mit seinen eigenen Waffen schlagen konnte.

»Schade eigentlich«, sagte sie mit einem verwegenen Lächeln, das schon so manche Männer umgehauen hatte. Solche Spielchen hatte sie schon lange nicht mehr gespielt, doch sie genoss den erregenden Schauer, der ihr über den Rücken rann.

Eric schob sein Bein zwischen ihre Oberschenkel, die er leicht berührte, während ihr Kleid etwas nach oben rutschte und er dem Saum mit seiner sehr großen, sehr heißen Hand folgte. Köstlich anzügliche Gedanken brodelten in ihr auf, begleitet von Hitze, die in ihren sensiblen Zonen prickelte.

Er kam ihr so nah, dass sie das lustvolle Blitzen in seinen Augen sehen konnte. »Schätzchen, ich beiße, knabbere, sauge, lecke und mache alles, was dein entzückender Körper begehrt. Ich kann dich so auf Touren bringen, wie du es nie für möglich gehalten hättest.« Seine Wange war nur Millimeter von ihrer entfernt, sein warmer Atem streichelte ihr Ohr und seine Hitze drang durch ihre Haut.

Kat stockte der Atem.

Sie liebte Männer, sie liebte heißen Sex, aber sie würde den richtigen Mann, ihren Mr. Right, nie finden, wenn sie mit dem Falschen herummachte. Dies sollte ihr Wochenende des großen Neuanfangs werden. Sie hatte ihren Job offiziell gekündigt und war auf dem Weg nach Colorado, damit Brianna, die Fotografin war, Bilder für ihre Website und ihr Portfolio machen konnte. Aber – *ach!* – er roch so gut, und diese Verheißungen kamen ihm so verlockend über die Lippen, dass sie glaubte …

Vielleicht ein letztes Abschiedsgeschenk an mein altes Ich …

Seine Fingerspitzen glitten unter den Saum ihres Kleides, ihr stockte der Atem, und schnell legte sie die Hand auf seine, um ihn davon abzuhalten, noch weiter hinaufzuwandern. Wenn ihr Hirn schon aussetzte, sobald sie seine Stimme hörte und seine Hand auf ihrem Bein lag, was würde dann erst passieren, wenn dieser köstliche Mund ihre Haut berührte? Sie musste diesen Bann durchbrechen, aber es war schon lange her, dass sie derart angetörnt gewesen war – und der Gedanke, die in ihrem

Inneren tobende Lust zum Erliegen zu bringen, war nicht annähernd so verlockend wie der Mann ihr gegenüber.

Wenn ich das hier zulasse, werde ich es wenige Sekunden danach bereuen.

Er lehnte sich so weit zurück, dass sie sein Gesicht wieder deutlich erkennen konnte, und jede Entschlossenheit glitt von ihr ab wie ein Seidentuch von nackter Haut.

»Aber«, sagte er mit einem durchdringenden und selbstbewussten Blick, »ich kann es auch sanft und zärtlich die ganze Nacht andauern lassen.«

Ja, bitte!

Kat musste sich in den Griff bekommen. »Ziemlich selbstsicher für einen Typen, der gerade mal ein paar Worte mit mir gewechselt hat.«

Ein verschmitztes, verruchtes Lächeln trat in sein Gesicht und heizte ihr ebenso ein wie seine Hand, die sich fester um ihren Oberschenkel legte. »Ich bin ein Mann, der weiß, was er will, und ich weiß auch, wie man einer Frau Gutes tut. Und du ...« Er nahm die Hand von ihrem Bein, ließ ein schmerzhaftes Verlangen in ihr zurück und strich mit dem Finger über ihr Kinn. »Siehst aus wie eine Frau, die ich früher mal kannte, was mich irgendwie zu einem unanständigen Kerl macht.«

Sie wusste nicht, was sie von dieser Bemerkung halten sollte, aber sein Blick lenkte sie derart ab, dass sie nicht klar denken konnte. Er zog die Augenbrauen zusammen und sogar die bernsteinfarbene Iris schien dunkler zu werden. Himmel, er war so schön, auf eine unvergessliche Art und Weise. Kat musste schwer schlucken, um gegen die Lust anzukämpfen, in der sie zu ertrinken drohte, und sich zwingen, etwas zu erwidern.

»Entschuldige mich einen Augenblick. Ich muss« – mal durchatmen – »mir mal die Nase pudern.«

»Aber sicher doch.« Er legte die Hand wieder auf ihren Oberschenkel und strich dann hinunter bis zu ihrem Knie, als er sich lässig zurücklehnte, als hätte er nicht gerade ihre ganze Welt in Brand gesetzt.

Kat stellte sich auf ihre wackeligen Beine, und als sie ihr Kleid zurechtzog, stand er ebenfalls auf. *Der perfekte Gentleman. Oh, der ist echt gut!* Warum nur hatte sie es für eine gute Idee gehalten, dieses aufreizende Kleid anzuziehen, das Brianna ihr geschickt hatte? Sie hätte Jeans oder Jogginghosen anziehen sollen. Etwas, dass sie nicht in diese Lage gebracht hätte. Und warum stand er so dicht vor ihr und flößte ihr glühende Fantasien darüber ein, wie es wohl wäre, wenn er auf ihr liegen und diese kräftigen Schenkel an sie drücken würde?

»Verlauf dich jetzt aber nicht«, sagte er, als sie einen Schritt zurücktrat.

Sie spürte seinen Blick, als sie einen langen, nur schwach beleuchteten Flur entlangging und nach ihrem Handy griff. Sie rief Brianna an und hoffte inständig, dass ihre Freundin ihr raten würde, schnellstens die Flucht zu ergreifen.

»Hallo, hast du einen Flug bekommen?«, fragte Brianna.

»Ich bekomme gleich noch etwas ganz anderes, wenn du mich nicht aufhältst«, sagte sie fast außer Atem.

»Was? Kat, ist alles in Ordnung?«

»Nein. Ja. Verdammt! Bree, ich habe keine Ahnung.« Sie tigerte auf der Damentoilette auf und ab, sodass das Klacken ihrer Absätze von den Kacheln widerhallte.

»Okay, jetzt mal ganz langsam. Was ist los? Es ist in Ordnung, wenn du keinen Flug bekommst. Ein Freund von Hugh ist auch auf dem Weg von Virginia hierher. Wegen des Sturms kann ich nicht genau sagen, wann er kommt, aber er kann dich wahrscheinlich vor dem retten, was gerade da bei dir so passiert.«

»Mich retten? Hm, wäre aber großartig, wenn er in den nächsten dreißig Sekunden hier wäre, denn ich flirte gerade mit der personifizierten Gefahr, und die Gefahr hat noch nie so gut ausgesehen.«

Brianna lachte. »Augenblick mal, reden wir hier über einen Mann? Du befindest dich an einem Flughafen, das weißt du schon, Kat?«

»Ach was, tatsächlich? Die alte Kat zeigt ihre hässliche Fratze. Ich brauche Verstärkung. Es ist ein Jahr her, Bree. Ein ganzes Jahr, seit ich das letzte Mal so angetörnt war, aber ich sollte gar nicht erst daran denken ...«

»Keine Ahnung, was du mit *daran* meinst, aber wenn er dich so anmacht, dann nur zu!«

Sie sah Brianna im Geiste vor sich, wie sie ihre perfekt gezogenen Augenbrauen vielsagend hochzog, doch sofort schüttelte sie das Bild ab. »Wer bist du? Bitte hol sofort meine beste Freundin ans Telefon, denn die würde mir nie raten, mich am Flughafen auf irgendeinen Typen einzulassen.«

»Kat, als ich Hugh kennengelernt habe, hast du mich auch aus meiner Komfortzone gescheucht, weißt du noch? Du hast mir geraten, auch mal ein bisschen zu leben. Du bist jetzt so lange artig geblieben und deinen Mr. Right hast du noch nicht getroffen. Was ist, wenn das noch zehn weitere Jahre dauert? Ich habe als deine Freundin eine Menge gelernt, und ich sage dir, befolge deinen eigenen Rat. Mach! Nur dieses eine Mal, und dann ziehst du weiter.«

Während Kat sich im Spiegel betrachtete, dachte sie darüber nach. Konnte sie für eine Nacht noch einmal die alte Kat sein und morgen dann wieder die neue? Sie warf die blonden Haare zurück und bewunderte das enge Kleid, das sich um ihre schmale Hüfte und die Taille schmiegte und ihre Brüste betonte. Sie stellte sich Erics Hände auf ihrem Körper vor und ihr Innerstes bebte. Ein innerliches Beben! Das war schon viel zu lange her. »Er ist zum Anbeißen, Bree. Als wäre er vom Hollywood Boulevard direkt hier auf den Flughafen spaziert. Aber ich weiß nicht.«

»Denkst du, er ist ungefährlich?«

»Nicht in sexueller Hinsicht. Im Gegenteil.« Sie bekam eine Gänsehaut bei dem Gedanken daran, unanständig, ganz unanständig zu sein.

»Wenn du es nicht machst, wirst du mich dann damit nerven, dass du es hättest tun sollen?«

»Ja, wahrscheinlich.« Brianna kannte sie so gut.

»Dann schnapp ihn dir und vergiss ihn hinterher. Morgen bist du hier und er woanders, und dann kannst du dich wieder daran machen, den Richtigen zu finden. Und dann nervst du mich auch nicht.«

Kat seufzte. »Bree, du bist die beste Freundin, die man sich wünschen kann. Aber diese Veränderung ist gut für mich gewesen. Mir gefällt, wer ich im Laufe des letzten Jahres geworden bin, und ich will nicht wieder weniger anspruchsvoll werden.«

»Ach, komm! Dir hat immer gefallen, wer du bist, und allen anderen auch. Bitte sag mir, was ich für dich tun kann, denn mein unglaublich attraktiver Mann wartet im Schlafzimmer auf mich. Christian schläft endlich und jetzt möchte Mama ihren Spaß haben.« Bree hatte so hart gearbeitet und so viel aufgegeben, um Layla großzuziehen. Dass sie jetzt noch einen kleinen Sohn und einen Mann hatte, der sie vergötterte, machte auch Kat glücklich – und ließ in ihr die Sehnsucht nach dem gleichen Glück aufkommen.

»Ich wollte, dass du es mir ausredest«, gab Kat zu.

»Okay, dann mach es nicht. Er ist nicht gut für dich. Der Typ ist ein Playboy. Er ist … Augenblick mal, ich kenne ihn ja gar nicht.«

»Bree!«

»Okay, okay. Mach es nicht. Wahrscheinlich hat er eine Geschlechtskrankheit, oder er ist pervers drauf, oder er …«

Kat lachte. »Hör auf! Das funktioniert nicht. Ich will ihn immer noch.«

»Du bist unmöglich.« Bree kicherte und Kat hörte Hugh im Hintergrund. Neid kam in ihr auf. Ihre Freundin hatte das große Los gezogen. Hugh sah aus wie Patrick Dempsey und war die Romantik in Person. Kat hatte sich immer über den auf zwölf Jahre angelegten Abstinenzplan lustig gemacht, den Bree sich ihrer Tochter zuliebe auferlegt hatte. Wie viele Frauen von Mitte zwanzig verzichteten denn schon freiwillig auf Sex und Dates? Aber es hatte sich für sie dreifach ausgezahlt. Sie liebte ihren Mann so sehr, dass es Kat dazu angeregt hatte, ihren eigenen Lebensstil und ihre Entscheidungen zu überdenken. In Bezug auf Männer anspruchsvoller zu sein, hatte sie bis jetzt nicht zu ihrem Mr. Right geführt, aber das hieß noch lange nicht, dass sie aufgab.

Kat beendete das Gespräch mit Bree und betrachtete sich noch einmal im Spiegel. Sie atmete tief durch, wusste aber immer noch nicht, was sie tun sollte. Niemand konnte sagen, wann sie einen Flug bekommen würde, und etwas angetrunken war sie auch schon. Vielleicht sollte sie einfach nur die Jagd genießen, dem pulsierenden Verlangen zwischen ihren Beinen aber nicht nachgeben.

Beim Verlassen der Damentoilette steckte sie das Handy zurück in ihre Handtasche und blieb abrupt stehen, als der große, dunkelhaarige und unendlich sinnliche Mann direkt vor ihr stand und all ihr Zögern, das sie vielleicht noch in sich getragen hatte, in die Flucht schlug.

Der Flur war dunkel, Kat war heiß, und auch wenn Eric nicht vorgehabt hatte, sich heute Abend auf irgendwelche Bettgeschichten einzulassen, hatte sich das in dem Moment geändert, in dem er Kat auf der anderen Seite der Theke erblickt hatte. Etwas an der Art, wie sie den Kopf zur Seite neigte und wie ihr die honigblonden Haare vor die Augen fielen, erinnerten ihn an das Mädchen, das er vor langer Zeit im hintersten Winkel seines Gedächtnisses verstaut hatte, das er aber nie hatte vergessen können. Ein helles Licht in seiner sonst dunklen Vergangenheit. Er hatte den Blick nicht von ihr abwenden können, so fasziniert war er von der verblüffenden Ähnlichkeit und ihrer atemberaubenden Schönheit gewesen. Und als er jetzt näher an sie herantrat und die Hände auf ihre sanften Kurven legte, sah er, dass sie aus der Nähe noch faszinierender war.

Ihr erregter Blick, den sie so verzweifelt zu verbergen versuchte, war nicht misszuverstehen – ebenso wenig wie die Hitze, die zwischen ihnen beiden pulsierte, als er die Hände fester um ihre Hüften legte und ihren femininen Duft einatmete.

»Was …?« Ihre hinreißenden blauen Augen wurden schmal, und er spürte, wie er sich genau dort, in ihrem Blick, verlor.

»Nicht *was*, Darling.« Er zog sie an sich, drückte seine harte Länge an ihr Becken, und tat das, wonach er sich so verzehrte, seit er neben ihr Platz genommen hatte. Er schob eine Hand in ihren Nacken. Ihre Haut war so weich, wie er es sich vorgestellt hatte. Ihre Reaktion – ein kurzes Einatmen und ihr schneller schlagendes Herz, das er an dem pochenden Puls am Hals erkannte – war genau das, was er sich erhofft hatte. »Sondern *wo*.«

Aufmerksam beobachtete er sie, denn er wollte sie nicht verschrecken. Doch wenn er die sinnlichen Vibes, die sie ausstrahlte, richtig deutete, war das kaum möglich. Sie öffnete leicht die Lippen, als er mit seinem Mund dem ihren ganz nah kam und nur noch ein hauchdünner Abstand zwischen ihnen lag.

»Sag Nein, und ich gehe.« Er versuchte, in ihrem Blick zu lesen, und als er ein süßes, ergebenes Seufzen vernahm, hätte er es fast augenblicklich als sein Stichwort genommen und die Lippen auf ihre gelegt. Doch für Eric stand zu viel auf dem Spiel, als dass er sich blindlings hineinstürzen konnte. Ausdrückliche Zustimmung war sehr hilfreich, um sein Portemonnaie vor geldgierigen Aasgeiern zu schützen. Die wenigsten Frauen verfolgten die Grand-Prix-Autorennen der Capital Series, aber diejenigen, die es taten, betrachteten ihn mit Dollarzeichen im Auge. »Sag es, Darling. Gib mir das Okay oder schick mich weg.«

Sie zog die Augenbrauen zusammen, als sie mit der Hand zwischen seine Beine glitt. »Ist das deutlich genug?«

Ihre Münder prallten aufeinander, die Zungen fanden sich, während sie ihn durch die Hose streichelte und er sie heftig gegen die Wand stieß. Mist. Er wollte nicht so grob sein, aber er hatte seine animalische Seite nicht unter Kontrolle. Verdammt! Es war lange her, dass er einen so sinnlichen Mund geküsst hatte. Er konnte sich ausmalen, wie er sich um seine Länge anfühlen musste. Da sie sich an einem ziemlich öffentlichen Ort befanden, stieß er die Tür zur Herrentoilette mit dem Fuß auf und zog sie hinein. Sie krachten gegen die Tür und küssten sich weiter, während er ihr Kleid hastig hochschob und mit der Hand in ihr Spitzenhöschen glitt. Sie war so heiß und so verdammt feucht, dass er aufstöhnte, als er mit den Fingern in ihre heiße Mitte eindrang und den Mund besitzergreifend auf ihren Hals legte.

Sie umfasste seine Länge und rieb sie leidenschaftlich, während er über ihre geschwollene Perle strich. Sexy Laute drangen aus ihrem Mund, bis er wieder seine Lippen auf ihre drückte. Sie ließ ihn los, und er packte ihr Handgelenk, das er über ihren Kopf führte.

»Komm für mich, Darling. Komm in meiner Hand, unter meinem Mund und dann um mein bestes Stück.«

Wieder fanden ihre Münder zu einem ungestümen, gierigen Kuss zueinander. Sie wand sich unter dem festen Griff seiner Hand, als sie sich ihrer Erlösung hingab und an seinem Mund aufschrie, während sie um seine Finger pulsierte. Langsam ließ er sie von ihrem Höhepunkt herunterschweben, glitt währenddessen mit der Zunge über ihre volle Unterlippe und genoss ihre gerötete Haut, ihren schnellen Atem und dass sie sich sanft zu ihm lehnte, als er auf die Knie ging, ihren Slip beiseiteschob und die Zunge in ihrer samtenen Hitze vergrub.

Sie spreizte die Beine weiter auseinander und krallte sich in seinen Haarschopf. »Ja. Das ist so gut. Fester. Aah … ja …«

Sie schmeckte süß, heiß und so verdammt gut. Er nahm ihre Perle zwischen die Zähne, reizte sie mit der Zunge und wurde erneut mit einem lustvollen Aufschrei belohnt, als sie ein weiteres Mal von einem Höhepunkt mitgerissen wurde. Er blieb vor ihr auf den Knien, umfasste ihre Hüften und liebkoste ihre geschwollene Mitte, bis auch der letzte Schauder durch ihren Körper geströmt war. Dann stand er auf, eroberte sie wieder mit einem zügellosen Kuss und zog blind ein Kondom aus seinem Portemonnaie, um dann die Hose nach unten zu schieben und das Kondom überzustreifen. Fest lagen seine Hände um ihre Hüften, als sie die Augen öffnete.

»Normalerweise mache ich so etwas nicht«, behauptete sie.

Forschend sah er sie an, irgendwo hinter all dem Begehren sah er ihre Ehrlichkeit, und das beides knackste den Eispanzer um sein Herz ein bisschen an.

»Das macht mich entweder zu einem richtigen Glückspilz oder zu einem Mistkerl, weil ich dich zu etwas Schlechtem gedrängt habe.«

Ein Lächeln trat in ihr Gesicht, als sie sich ihres Slips entledigte, den sie in seine Jackentasche steckte. »Dann einigen wir uns erst mal auf den Glückspilz. Wenn du mich enttäuschst, dann reden wir über Letzteres.« Sie fuhr mit der Zunge über seine Unterlippe und biss dann zu.

Er schmeckte Blut, was ihm einen heißen Blitz direkt in seine Lenden jagte. Wer war diese unfassbar feminine Lady mit dem Touch einer teuflisch erotischen Frau, die ihn ebenso gut zu nehmen wusste wie er sie? Noch nie in seinem Leben war er derart angetörnt gewesen. Er schob die Hand in ihre Kniekehle und hob ihr Bein an seine Hüfte.

»Was würde ich für eine Stunde allein mit dir in einem Schlafzimmer geben! Halt dich fest, Darling, denn du hast einen wilden Trip vor dir.«

Mit einem festen Stoß drang er in sie ein und sowohl ihm als auch ihr stockte der Atem. Dann übernahmen ihre Körper die Kontrolle. Sie krallte sich an seinen Oberarmen fest, während er immer wieder in sie stieß und ihren Mund wieder mit einem überwältigenden Kuss eroberte. Er packte sie am Hintern und hob sie hoch, sodass sie ihre Beine wie selbstverständlich fest um ihn legte und ihn an den Rand der Erlösung brachte.

»Wow, das ist gut«, stieß er hervor.

»Ist schon …« Sie vergrub die Fingernägel in seinen Oberarmen. »Lange her.«

Mit einem lustvollen Stöhnen ließ sie den Kopf in den Nacken fallen, als sie von ihrem Höhepunkt erfasst wurde. Zu hören, wie erregt sie atmete, und zu sehen, wie sie sich ihm so vollkommen hingab, brachte ihm seine eigene heftige Erlösung.

Schwer ausatmend legte sie den Kopf auf seine Schulter. »Verdammt, du bist absolut kein Mistkerl.«

Er lachte. »Und du bist unglaublich schön.« Mit einem Arm hielt er sie fest an sich gedrückt, während er die andere Hand wieder in ihren Nacken schob und mit dem Daumen über die feinen Haare dort strich. »Wann geht dein Flug? Lass uns noch etwas trinken.«

Ihr Blick wurde ernst und sie befreite sich aus seinen Armen, bevor sie ihr Kleid wieder nach unten zog. »Ich … ähm … Das war toll, aber …« Sie schlüpfte in ihre Pumps, die sich wohl während ihres Stelldicheins von ihren Füßen gelöst hatten.

»Aber?« Eine Art Panik überkam ihn. Er wollte mehr über sie erfahren, mehr Zeit mit ihr verbringen. Er konnte an einer Hand abzählen, wie oft er mehr über eine Frau hatte wissen wollen. Was zum Teufel mit ihm los war, wusste er nicht, aber bei dem Gedanken, dass sie einfach so davonspazieren wollte, zog sich sein Magen zusammen.

Sie knabberte kurz an ihrer Unterlippe, betrachtete ihn noch einmal von oben bis unten und straffte dann die Schultern. »Das war toll, aber ich habe vor, es jetzt wieder zu vergessen.«

Zwei

Ach du Scheiße! Ach du Scheiße. Kat stürmte zur Tür hinaus und verkroch sich auf der ersten Damentoilette, die sie entdeckte. Ein Blick in den Spiegel bestätigte, was ihr ihr Körper, der noch immer vom kleinen Zeh bis in die Haarspitzen vibrierte, ebenfalls zu verstehen gab – *das war einfach unglaublich.* Sie war immer noch außer Atem, als sie den Kamm aus ihrer Handtasche nahm und versuchte, ihr verräterisches Äußeres in Ordnung zu bringen. Auf der Suche nach Halt stützte sie sich mit einer Hand am Waschbecken ab, während die Kraft allmählich in ihre Beine zurückkehrte. Was hatte sie sich nur dabei gedacht? Sie war ein Jahr lang ohne tollen Sex ausgekommen, und jetzt? Jetzt war es so, als hätte sie die edelste Schokolade gekostet und müsste nun die Finger davonlassen. Die Finger davonlassen! Sie war noch nie gut darin gewesen, Süßes zu verschmähen. Selbst wenn sie eine Tüte Schokolinsen vor sich selbst versteckte, wusste sie, dass sie ebenso gut gleich stehenbleiben konnte, denn immer, wenn sie sich setzte, sprang sie gleich wieder auf, um sich mehr zu holen. Und jetzt … wollte sie mehr.

Sie schaute erneut in den Spiegel. Ihr Gesicht war gerötet, die Lippen von ihren intensiven, wilden Küssen geschwollen, und in südlicheren Gefilden? Sie hatte das Gefühl, das Surren dort würde nie mehr aufhören. Himmel! Der Mann war ungewöhnlich gut bestückt und er wusste diese herrlich harten Zentimeter gekonnt einzusetzen.

Sie nahm sich ein paar Papiertücher aus dem Spender und machte sich frisch, während sie versuchte, ihren rasenden Herzschlag wieder auf ein normales Tempo zu bringen. Zehn Minuten später bebte ihr ganzer Körper noch immer, als seine Worte wieder in ihrem Kopf herumschwirrten. *Komm für mich, Darling. Komm in meiner Hand, unter meinem Mund und dann um mein bestes Stück.*

Erledigt. Erledigt. Doppelt und dreifach erledigt.

Wie hatte sie so lang ohne das Gefühl auskommen können, von einem echten Mann in Versuchung geführt zu werden? Wem wollte sie denn etwas vormachen? Sie hatte noch nie etwas Vergleichbares gefühlt, diese Kraft, die von Eric ausging. Von Eric …? Du meine Güte. Sie kannte noch nicht einmal seinen Nachnamen.

Ich bin eine Schlampe.

Ein Luder.

Ein billiges Flittchen in einer Flughafenbar.

Das Lächeln auf ihren Lippen konnte sie jedoch nicht unterdrücken. Er war es absolut wert! Sie kramte ihr Handy hervor, denn sie brauchte unbedingt Zuspruch von Bree, und merkte, dass sie einige Nachrichten von ihr erhalten hatte. Kat scrollte sich hindurch, lächelte und beruhigte sich schließlich noch weiter, als sie drei identische Nachrichten las, in denen sich ihre geheimen bestärkenden Codeworte wiederholten:

Du bist nett. Du bist schlau. Und du bist wichtig.

Du bist nett. Du bist schlau. Und du bist wichtig.

Du bist nett. Du bist schlau. Und du bist wichtig.

In der nächsten Nachricht stand: *Mach nen Haken dran und vergiss es. Ab jetzt bist du wieder das brave Mädchen. Hab dich lieb!*

»Brianna, du bist auf alle Fälle die beste Freundin auf der Welt!«, sagte Kat laut, bevor sie Bree ein Dankeschön schrieb.

Sie verließ die Damentoilette aufgekratzt und etwas benommen, während ihr Körper dank dieser Wahnsinnsbegegnung noch etwas aus der Bahn geworfen war. Eine Stunde später saß sie schließlich in ihrem Flieger nach Colorado. Der Mann neben ihr roch nach Zigaretten und sah aus, als hätte er in seinen Klamotten geschlafen. Sie schloss die Augen, lehnte ihren Kopf an die Rückenlehne und dachte an Eric. Noch immer konnte sie seine Finger an ihrem Hintern spüren, die widerspenstige Behaarung am Ansatz seiner Härte an ihrer zarten Haut und seinen Blick, der sich in sie bohrte. Die Röte stieg ihr ins Gesicht, als sie wieder an seine unanständigen Worte dachte.

Als das Flugzeug abhob, genoss sie das Gefühl der Schwerelosigkeit. Doch dieses Nachglühen in ihrem Bauch beim Gedanken an Erics Ekstasen auslösende Zunge ließ sie unruhig auf ihrem Platz hin und her rutschen. Meine Güte, sie schien den Verstand zu verlieren. Jetzt hatte sie sogar schon sein Parfum in der Nase.

Eine schwere Hand legte sich auf ihren Oberschenkel. Sie riss die Augen auf, schob gleichzeitig die Hand von ihrem Bein – und ihr blieb die Luft weg, als sie das freche Grinsen vor sich sah. *Eric.*

»Hallo, Darling.«

»Eric? Was machst du denn hier?« Ihr Herz raste. Sah er ihr an, dass sie gerade Fantasien durchlebt hatte, in denen sie beide die Hauptrolle spielten? Dass sie allein bei seinem Anblick in

Regionen ein Kribbeln verspürte, in denen es gefälligst nicht zu kribbeln hatte?

»Ich habe dem netten Herrn, der hier saß, etwas angeboten, damit er den Platz mit mir tauscht.«

»Du hast ihn bezahlt, damit du hier sitzen kannst? Aber …« *Omeingott!* Wie sollte sie ihn jetzt vergessen können?

»Mach dir um ihn keine Sorgen. Ich bin sicher, er freut sich wie ein Schneekönig, dass er nun in der ersten Klasse sitzt.«

»Erste Klasse? Du hast deinen Platz in der ersten Klasse abgegeben, um bei mir zu sitzen?«

»Für einige ist es die einzig mögliche Art zu reisen.« Er ließ den Blick über sie gleiten, der kurz bei ihrem Mund innehielt, bevor er hinunter zu ihren Brüsten wanderte und ihren Körper ausrasten ließ. »Ich glaube, die irren sich alle. Denn ich habe jetzt den besten Platz im Flugzeug.«

Ihre Gedanken überschlugen sich. »Du bist auf dem Weg nach Denver?«

»Eigentlich nach Weston, aber Denver ist der nächste Flughafen.«

»Weston?« Unmöglich! Das war auch ihr Ziel.

»Ja, ich habe geschäftlich dort zu tun. Wohin reist du?«

»Weston.« Ihr wurde fast schlecht, doch bei dem Gedanken daran, welche Möglichkeiten sich dabei ergeben konnten, schaltete ihr innerer Motor wieder auf Turbo.

Nein. Nein. Nein.

Sie musste diese Fantasien noch im Keim ersticken. Von einem Kerl, den sie auf einer Flughafentoilette gevögelt hatte, konnte nichts Gutes kommen.

»Urlaub, Arbeit oder Familie?«, erkundigte er sich.

Sie schüttelte den Kopf und schaffte es immer noch nicht, einen klaren Gedanken zu fassen und ihm zu antworten. Sie wollte nicht über ihre Pläne sprechen. Er sollte genau wissen, woran er bei ihr war. Je schneller er in die erste Klasse zurückkehrte und den stinkenden Typen auf seinen rechtmäßigen Platz schickte, umso schneller konnte sie vergessen, was sie getan hatte. Auch wenn sie das ungute Gefühl überkam, dass es nicht leicht werden würde, Eric zu vergessen. Falls es überhaupt möglich wäre.

»Eric, ich bin nicht sicher, wie du das siehst, aber«, sie flüsterte weiter, »ich bin nicht auf der Suche nach einem weiteren Abenteuer. Ich hätte das nicht tun sollen. So eine Frau bin ich wirklich nicht mehr.«

»Nicht mehr?« Er hob eine Augenbraue und fuhr leiser fort: »Darüber können wir uns später unterhalten. Für den Moment ist die Botschaft angekommen: Du hast gesagt, du willst vergessen, was zwischen uns passiert ist.« Besitzergreifend legte er die Hand auf ihren Oberschenkel. »Aber ich habe nicht vor, das zuzulassen.«

Sie war zu schockiert, um darauf zu antworten, aber so unangenehm es ihr auch war, sein forsches Auftreten machte sie ziemlich an.

»Kat, du gefällst mir. Mir gefällt das Feuer in deinen Augen, deine starken Überzeugungen.« Er berührte mit den Lippen ihr Ohr und sprach mit dieser rauen Stimme weiter, die ihr Innerstes zum Schmelzen brachte. »Ich liebe es, wie du schmeckst und wie du aussiehst, wenn du die Kontrolle verlierst.«

Ein heißer Schauer überkam sie. Lässig zuckte er mit der Schulter und in sein Gesicht trat ein sündiges Lächeln, das in ihr den Wunsch aufkommen ließ, seine Hand würde an ihrem Oberschenkel wieder aufwärts wandern. Himmel noch mal! Seine Augen schienen sie zu hypnotisieren. Wie zum Teufel sollte sie es den langen Flug neben ihm aushalten? Sie schaute auf seine Hand, die ihren Oberschenkel in Besitz genommen hatte, und legte ihre Hand darauf, um sich seines Griffes zu entledigen.

Er verflocht ihre Finger miteinander, lächelte noch immer, doch er sah sie nun eindeutig herausfordernd an. »Sag, dass ich gehen soll, und ich gehe zurück an meinen Platz.«

Angesichts seiner Unverfrorenheit – die sie wider Willen total erregte – rauschte ihr das Blut in den Ohren und Feuer strömte durch ihre Adern. So konnte sie kaum einen Gedanken fassen. Er war dominant, aber mit Bedacht, denn er ließ ihr jederzeit die Möglichkeit, allem ein Ende zu bereiten. Er gab ihr die Chance, ihre eigenen Entscheidungen zu treffen. Na ja … halbwegs. Gab es eine Frau auf Erden, die seinem Charme widerstehen konnte? Sie kannte noch nicht einmal seinen Nachnamen und merkte dennoch, dass sich ihre Hand entspannte, während er seine umdrehte und ihre Hände noch einmal miteinander verschränkte.

»Wie heißt du eigentlich mit Nachnamen?«, fragte sie.

»James. Eric James. Und du?« Sein Blick ließ sie keine Sekunde los, während er auf eine Antwort wartete.

»Martin.«

»Kat Martin«, gab er ganz leise von sich, als würde er sich den Namen einprägen oder herausfinden wollen, wie er sich auf seiner Zunge anfühlte. Er hob ihre verschränkten Finger hoch und küsste ihren Handrücken. »Heraus mit der Sprache, Kat, was macht dich an, abgesehen von Verbalerotik und einem harten Schwanz?«

Sie erstarrte.

»Da habe ich wohl einen Nerv getroffen. Verbalerotik ist also nur in vertrauten Gesprächen und intimen Momenten erlaubt. Das nehme ich zur Kenntnis und bitte aufrichtig um Verzeihung.«

Kat dachte ernsthaft darüber nach, aufzustehen und wegzugehen, als er sich zu ihr hinüberlehnte. »Das verrät mir, dass wahr ist, was du gesagt hast. Du bist keine Frau, die sich üblicherweise auf kurze Abenteuer einlässt.«

»Das habe ich doch wohl deutlich gemacht«, antwortete sie ernst.

»Mit Worten. Aber nichtsdestotrotz sitzt du noch hier, hältst meine Hand und die Röte auf deinen Wangen ist nicht der Flughöhe geschuldet. Ich weiß, dass sie meiner Anwesenheit geschuldet ist, denn eine Frau, die auf ein Abenteuer mit einem x-beliebigen potenten Mann aus ist, hätte sich an meiner Aussage nicht gestört.« Sein durchdringender Blick ließ ihren Herzschlag an Fahrt aufnehmen – und zwar ziemlich rasant.

»Du hast eine seltsame Art, die Dinge beim Namen zu nennen«, sagte sie und entzog ihm ihre Hand, woraufhin sie augenblicklich – und zu ihrer eigenen Verwirrung – die Berührung vermisste.

»Ich bin mit Sicherheit ziemlich direkt. Außerdem gibt es nichts Schöneres als dieses selbstbewusste Funkeln in deinen Augen im Moment.« Wieder sprach er leiser weiter: »Und zu wissen, dass du dich – während du mir in die Augen schaust – fragst: Was will ich? Sollte ich weggehen? Will ich wieder seine Hand halten? Will er meine halten?«

Seine verblüffende Fähigkeit, sie gleichzeitig aus dem Konzept zu bringen und sie zu erregen, verschlug ihr den Atem.

»Du bist fasziniert, angetörnt und vielleicht etwas erschrocken. Aber nicht wegen mir, denn ich bin wohl kaum jemand, der auf diese Art gefährlich ist, sondern eher erschrocken wegen der Gefühle, die ich in dir wachrufe. Solltest du weggehen? Nur wenn du wirklich vergessen willst, was du vorhin gefühlt hast. Ich weiß, dass ich keine einzige Sekunde davon vergessen will. Ich war so lebendig, als ich dich berührt habe, dich gekostet habe, dich geliebt habe, wie noch nie zuvor.«

Noch nie hatte jemand so unverblümt mit ihr gesprochen, und vielleicht würde sie dafür direkt in die Hölle wandern, aber ihr gefiel jedes einzelne Wort.

Als sie schließlich antwortete, war ihre Stimme zittrig, aber gut vernehmbar. »Ich hatte mich schon gefragt, welch andere Talente dein Mund wohl noch hat.«

Mit einem fast lautlosen Lachen legte er den Kopf zurück, und dann fixierte er sie wieder mit einem durchdringenden Blick. »Ich kann einiges ziemlich gut, zum Beispiel ehrlich sein. Ich habe noch nie eine so unvergessliche Frau wie dich getroffen, Kat. Ich möchte alles über dich erfahren. Wie du dich anfühlst, wenn du an mich geschmiegt tanzt, was deine Augen am Morgen erstrahlen lässt, und wie du klingst, wenn du einschläfst. Was du gern hast – im Bett und außerhalb. Aber am meisten möchte ich – in diesem Augenblick – wissen, wie sich deine Hand wieder in meiner anfühlt.« Er streckte ihr seine Handfläche hin.

Sein Lächeln wurde wärmer, war nicht mehr so sexuell verwegen, und irgendwie wurde er ihr schon vertrauter. Sie schaute auf seine Hand, und als sie ihre Hand in seine legte, fühlte sich auch das fast vertraut an.

Kurze sexuelle Abenteuer an Flughäfen waren für Eric nichts Neues, ebenso wenig wie an anderen Orten, aber das Gefühl des

Verlusts, als Kat ihn auf der Herrentoilette hatte stehenlassen, hatte ihn umgehauen. Es ergab keinen Sinn. Sie hatte überhaupt nichts getan, überhaupt nichts gesagt, das erkennbar bedeutend gewesen war, aber sie hatte sein ganzes Wesen zum Surren gebracht. Von seinen Gedanken über seinen Herzschlag bis hin zu dem Feuer, das durch seine Adern schoss, hatte Kat ihn elektrisiert. Und dann war da dieses Gefühl, dass er sie irgendwie schon kannte, wie ein Spinnennetz zwischen Zweigen, fast unsichtbar, und doch unbestreitbar vorhanden.

In dem Augenblick, in dem er gesehen hatte, wie sie das Flugzeug betrat, hatte sein Herz Purzelbäume geschlagen, und auch das war neu. Er wollte nicht das Risiko eingehen, sie nie wiederzusehen, nicht, nachdem sie bereits seinen Verstand und seinen Körper auf den Kopf gestellt hatte. Als Rennfahrer war Eric James es gewohnt, im Bruchteil einer Sekunde Entscheidungen zu treffen, von denen sein Leben abhing. Wenn er etwas im Sinn hatte, machte er keinen Rückzieher. Ach was, Rückzieher gehörte gar nicht zu seinem Wortschatz. Doch normalerweise traf er solche Entscheidungen auf der Rennstrecke. Noch nie zuvor hatte er bei einer Frau ein solch besitzergreifendes Gefühl verspürt, und schon gar nicht, nachdem er sie gerade erst kennengelernt hatte. Aber dieser besitzergreifende – manche würden sagen: besessene – Charakterzug, der ihn zu einem Weltklasse-Rennfahrer machte, ließ ihm nun einen Schauer über den Rücken laufen. Er spürte seinem Bauchgefühl nach, dem er üblicherweise instinktiv sein Leben anvertraute.

Er wusste, dass er Kats Grenzen austestete, doch abgesehen davon, dass er auch genau wusste, was er wollte, kannte er sich selbst zu gut, als dass er mit ihrer beider Gefühle spielen wollte. Sie musste sein wahres Ich kennenlernen, nicht den Typen, den der Rest der Welt in Zeitschriften oder im Fernsehen sah. Nur selten ließ er jemanden hinter die Mauer blicken, die er um sich herum aufgebaut hatte, aber er fühlte sich so zu ihr hingezogen, dass er instinktiv wusste, dass er entweder aufs Ganze gehen musste oder es gleich ganz lassen konnte.

Das Rumoren in seinem Bauch beruhigte sich, als sie ihre Hand in seine legte.

Kat schaute zu ihm auf und die Verwirrung in ihren Augen berührte ihn auf eine Weise, wie er es noch nie erlebt hatte.

»Ich habe keine Ahnung, warum ich deine Hand halte. Du bist ein Typ, der Verbalerotik liebt und den ich kaum kenne. Du hast jemanden bestochen, damit du neben mir sitzen kannst, und du könntest sehr wohl ein verrückter Stalker sein.«

Er lachte. »Stimmt alles. Ich könnte sehr wohl ein Stalker sein, und trotzdem …« Er hielt ihre Hände hoch.

»Ich bin so ganz und gar nicht diese Frau«, flüsterte sie entschieden.

»Aus guter Quelle weiß ich, dass du sehr wohl Kat Martin bist.«

»Ja, aber nicht die Art von Frau«, sie lehnte sich weiter zu ihm herüber, »die Sex auf der Herrentoilette hat und dann das hier macht.« Nun hob sie kurz ihre Hände an.

»Dann verrate mir, wer du bist.«

Sie seufzte und verdrehte die Augen, wobei sie so verdammt entzückend aussah, dass er gegen den Drang ankämpfen musste, sie wieder zu küssen. Er hatte keine Ahnung, was ihn dazu veranlasste, ihre Hand zu halten, außer dass er ihr unbedingt näher sein wollte, ihre Verbindung erhalten wollte, und er war unglaublich erleichtert, dass sie es zuließ.

»Ich bin eine Kellnerin Schrägstrich Barkeeperin Schrägstrich …« Sie hielt inne, als überlegte sie, ob sie weiterreden sollte, und fuhr dann fort: »… die auf dem Weg zu ihrer besten Freundin ist, und ich habe überhaupt kein Interesse daran, über mich zu reden.« Sie sah ihn abschätzend an. »Und wer bist du?«

»Bei diesem Punkt gerate ich in Schwierigkeiten.« Er war immer sehr zögerlich damit, preiszugeben, womit er seinen Lebensunterhalt verdiente, denn egal wie, es änderte immer das Verhalten der Menschen ihm gegenüber. Entweder sie gerieten angesichts seiner Berühmtheit ins Staunen oder sie schrieben ihn sofort als Wichtigtuer ab.

»Lass mich raten: Du bist verheiratet, auf Geschäftsreise und hast Ehefrau und Kinder zu Hause.« Sie versuchte, ihm ihre Hand zu entziehen, doch er hielt sie fest.

»Zuerst einmal: Du könntest von der Wahrheit nicht weiter entfernt sein. Ich war noch nie verheiratet, bin in keiner Beziehung und habe – soweit ich weiß – keine Kinder.«

»Das ist ja schon mal beruhigend«, sagte sie und verdrehte wieder die Augen.

»Mehr als die Wahrheit kann ich nun mal nicht sagen.«

»In Ordnung, dann erzähl mir, wer du bist. Keine Spielchen, keine Sprüche, sag es einfach.«

Die Wahrheit kam ihm leichter über die Lippen als erwartet. »Eric James. Capital-Series-Grand-Prix-Pilot.« Das Flugzeug ruckelte plötzlich und schleuderte sie beide nach vorne. Eric streckte einen Arm vor Kat aus, damit sie nicht gegen den Vordersitz knallte. Sie hatte vor Schreck die Augen weit aufgerissen. »Alles in Ordnung. Das sind nur ein paar Turbulenzen.« Er nahm ihre beiden Hände und beruhigte sie. »Nur ein paar Ruckler durch den Sturm. Dir passiert nichts.«

Sie nickte, doch er sah, dass sie noch immer verängstigt war.

»Du fliegst nicht sehr oft, oder?«

Sie schüttelte den Kopf.

Er zog sie so nah an sich, wie es bei den angelegten Gurten möglich war. »Alles ist in Ordnung. Konzentriere dich auf unser Gespräch. Frag mich alles, was du wissen willst, Kat. Sieh mich an. Konzentriere dich auf mich.«

Die Angst in ihrem Blick machte ihn fertig. Er wollte seine Lippen auf ihre drücken und all ihre Angst fortküssen. Stattdessen küsste er sie auf die Stirn. »Ich bin bei dir. Du bist in Sicherheit. Rede mit mir, Kat.«

»Bist du wirklich ein Rennfahrer?« Ihre Stimme war leise und zittrig.

»Ja, das bin ich wirklich.«

»So einer wie bei den Grand-Prix-Rennen, die Hugh Braden ein paar Mal gewonnen hat?«

»Du interessierst dich für Autorennen?« Er liebte diesen Sport – die Geschwindigkeit, die Freiheit, das Risiko – und wäre begeistert, wenn sie sich für den Grand Prix interessieren würde, aber sie sah nicht aus wie die typischen Groupies an den Rennstrecken.

»Nein, aber ich verfolge, was Hugh so macht. Seine Frau ist meine beste Freundin.«

»Du kennst Brianna?« Wieder sackte das Flugzeug kurz ab und sie atmete heftig ein. Er klappte die Armlehne hoch, um sie näher an sich zu ziehen, und streichelte ihr über den Rücken. »Alles ist in Ordnung. Erzähl mir, woher du Brianna kennst.«

»Wir haben beide in der Bar gearbeitet, in der sie Hugh kennengelernt hat.«

»Oh Mist! Du bist *die* Kat?« Hugh hatte ihm im Laufe der Jahre ein wenig über Briannas beste Freundin erzählt. Er wusste, wie eng sie und Brianna befreundet waren und dass sie die Patentante von Briannas Tochter Layla war. Hugh hatte gesagt, dass Kat ziemlich viel Feuer im Hintern hätte und dass sich

Brianna als alleinerziehende Mutter immer auf sie hatte verlassen können.

»Ist das schlimm?« Sie hob die Augenbrauen, und er konnte gar nicht anders, als ihr die Haare hinter das Ohr zu streichen, damit er ihre Augen besser sehen konnte.

»Nein, Darling. Hugh spricht in den höchsten Tönen von dir. Ich hatte ja keine Ahnung, dass du *die* Kat bist.«

»Brianna ist die Beste. Sie ist die stärkste Frau, die ich kenne, und eine wirklich gute Mutter.« Ihr Blick war von Wärme erfüllt und ihre Stimme klang nun nachdenklich. »Hugh ist so gut zu ihr.«

»Hugh ist ein guter Mensch, und er liebt sie und die Kinder abgöttisch. Er hat großes Glück.«

»Weil sie ihn liebt?«

»Weil sie sich lieben, und weil er eine Familie hat.« *Etwas, das ich nie wirklich hatte, bis ich Hugh kennenlernte.* Er dachte an seinen Freund und daran, dass Hughs Vater, Hal Braden, Eric immer wie einen eigenen Sohn behandelt hatte, und dass auch Hughs Geschwister ihn als Teil ihrer Familie ansahen. Bei dem Gedanken an seine biologische Familie zog sich ihm das Herz schmerzhaft zusammen. Im Alter von sechzehn Jahren hatte er sein Zuhause verlassen, um dem Albtraum von zwei heroinsüchtigen Eltern zu entkommen, und obwohl sie mittlerweile clean waren, war bis zum heutigen Tage keine herzliche Beziehung zu ihnen entstanden. Er verdrängte den vertrauten Kloß im Hals und wandte seine Aufmerksamkeit wieder der unglaublich süßen und schönen Frau neben ihm zu.

»Erzähl mir von deiner Familie, Kat. Steht ihr euch nahe?«

»Meinen Eltern und meinem jüngeren Bruder stehe ich sehr nahe, und Brees Mom ist wie eine zweite Mutter für mich. Wir verstehen uns wirklich gut.« Sie lächelte. »Und Hughs Vater, tja, der behandelt alle, als wären sie seine eigenen Kinder.«

»Hal Braden ist ein wunderbarer Mann, so viel ist sicher. Seine Liebe hat mich öfter schwere Zeiten überstehen lassen, als ich zugeben möchte.« Ihm wurde klar, was er gerade fast preisgegeben hätte, daher wechselte er das Thema. »Also sind wir beide auf dem Weg zur Braden-Ranch?«

»Übernachtest du dort?« Sie sah ihn mit großen Augen an. Die Freude in ihrem Blick entging ihm nicht, und sie gefiel ihm verdammt gut.

»Ja, genau.« *Ich Glückspilz.*

»Oh nein! Das geht nicht. Du und ich …«

»Entspann dich. Ich werde schon nicht in der Küche über dich herfallen.«

»Ach du Sch…«, flüsterte sie. Sie löste ihre Hand aus seiner, klappte die Armlehne zwischen ihnen herunter und hielt dann abwehrend die Hand hoch. »Bleib da. Bleib einfach … da.«

Ihre plötzliche Nervosität amüsierte ihn. »Wie du meinst.«

»Meine Güte, Eric! Ich hatte ja keine Ahnung, dass du sie kennst, schon gar nicht, dass du bei ihnen übernachten würdest. Was wir gemacht haben, sollte eine einmalige Sache sein. Ein letztes Abenteuer, und dann wollte ich mich wieder auf die Suche nach dem Richtigen machen und –«

»Wie bitte?« Er hob eine Augenbraue.

Sie schlug die Hand vor den Mund und schloss kurz die Augen. Als sie sie wieder öffnete, hatte Humor die Sorge abgelöst. »Die Suche nach dem Richtigen.«

»Du bist auf der Suche nach einem *Ehemann*?« Ein Anflug von Sorge erfasste ihn.

»Nein. Ja. Keine Ahnung. Nicht direkt auf der Suche, aber … zumindest versuche ich, nicht die falsche Sorte von Mann anzuziehen.«

Er schnaufte durch. Er war die vollkommen falsche Sorte von Mann, und trotzdem konnte er sich nicht vorstellen, sie zu vergessen.

»Was? Ist es falsch, abgöttisch geliebt werden zu wollen? Wahre Liebe erleben zu wollen? Mit Blumen, Wein und süßen Worten, die ein Kribbeln im Bauch auslösen?« Sie seufzte verträumt. »Ich habe so gelebt, als gäbe es kein Morgen, du weißt schon, nicht so anspruchsvoll in Bezug auf Männer, nächtelang durchmachen und so. Und weißt du, was mir das gebracht hat? Nicht viel. Ich hatte jede Menge tollen Sex, aber toller Sex ist nicht das Gleiche wie die große Liebe, und in meinem Fall gehörten dazu auch viele einsame Nächte *nach* dem tollen Sex.« Sie zuckte mit den Schultern und lächelte, als würde ihr eigenes Leben sie amüsieren. »Zehn Jahre im selben Job, einige Jahre Abendschule für einen Abschluss in Wirtschaft, mit dem ich nie etwas angefangen habe, und die Frage, warum mein Leben nicht in die Richtung ging, die ich mir vorgestellt hatte – bis Brianna Hugh getroffen und sich alles geändert hat.«

Was sie sagte, klang wie der Soundtrack zu seinem Leben.

»Da habe ich eine Bestandsaufnahme gemacht und überlegt, was ich wirklich vom Leben will, und vor einem Jahr habe ich meinem Chef Mack, den ich wirklich gernhabe, gesagt, dass ich *mehr* will, und er hat mich voll und ganz verstanden. Was hatte ich als Barkeeperin und Kellnerin denn vom Leben zu erwarten? Ich habe ihm meine Träume gestanden, ihm mein Herz ausgeschüttet, denn er ist wirklich so viel mehr als ein Chef. Er war immer wie ein älterer Bruder für mich, dem ich alles erzählen konnte. Ich habe ihm anvertraut, dass ich etwas tun will, mit dem ich anderen helfe, etwas Aufregendes, um den Träumen anderer Leben einzuhauchen. Glaub mir, ich weiß, wie dämlich das klingt, aber Mack hat mich mit einer Freundin von ihm bekannt gemacht, Shea Steele. Sie arbeitet als PR-Managerin für die Reichen und Schönen und sie ist seitdem meine Mentorin in Sachen Öffentlichkeitsarbeit gewesen. Meine Erfahrungen in dem Bereich sind wahrscheinlich vielfältiger als die der meisten PR-Manager da draußen. Es war eine heftige und verrückte Erfahrung, aber ich habe immer versucht, mich meinen Ängsten zu stellen, und das war nur eine der wenigen, die ich nicht überwunden hatte. Der Traum von der Selbstständigkeit.«

»Deswegen also diese Reise?«

»Bei dieser Reise geht es darum auszubrechen. Neu anzufangen. Ich habe gekündigt und mache es jetzt einfach.« Sie lehnte sich zu ihm und flüsterte: »Wie bei unserem kleinen Stelldichein. Mein letztes Stück Sahnetorte, bevor ich auf Diät gehe.«

Er lächelte, doch innerlich brannte in ihm eine Sehnsucht. Er wollte nicht das letzte Stück Sahnetorte sein. Er wollte die ganze Feier sein.

»Du wirst also als PR-Managerin für die Reichen und Schönen arbeiten?«, fragte er.

»Nein. Nimm es mir nicht übel, aber ich finde, Berühmtheiten wie du brauchen nicht unbedingt die Art von Öffentlichkeitsarbeit, die ich anbieten möchte. Reich und berühmt zu sein, bringt sowieso schon eine exponierte Stellung mit sich. Ich möchte den Kleinen helfen, und es ist mir egal, ob das ein geringes Einkommen bedeutet oder auch weniger Aufmerksamkeit für meine Tätigkeit, als es der Fall wäre, wenn ich mit großen Namen arbeiten würde. Ich will mich auf gemeinnützige Organisationen konzentrieren, auf Firmen und Menschen, die auf bedeutendere Weise Gutes auf der Welt tun.

Bei dieser Reise geht es darum, dass ich mich darauf vorbereite, ins kalte Wasser zu springen. Brianna macht die Fotos für meine Website und die Broschüren, was auch einfach passt, weil Brianna und Hugh mich zu all dem inspiriert haben. Ich war an dem Tag dabei, als sie sich kennengelernt haben, und wenn ich jetzt zurückschaue … Es war nichts anderes als ein Wunder, dass die beiden sich durch so einen Zufall getroffen haben. Und obwohl sie sich in der Bar kennengelernt haben, konnte ich mir nicht vorstellen, dass so etwas zweimal passieren würde. Außerdem habe ich mir Sorgen gemacht, dass es nicht der richtige Ort sein könnte, um den Menschen kennenzulernen, mit dem ich in Zukunft zusammen sein wollte. Jemanden, der gefestigt und liebevoll ist, interessiert an der Welt um ihn herum, nicht nur an der nächsten netten Bettgeschichte.«

Lange schaute sie ihm in die Augen, und er fragte sich, ob sie der Meinung war, dass auch er zu dieser Sorte Mensch gehörte. Er wollte ihr erzählen, dass Hughs Beziehung mit Bree und die Art, wie sie Hugh so absolut zufrieden gemacht hatte, dafür verantwortlich waren, dass Eric seltener mit x-beliebigen Frauen einen draufmachte. Stattdessen beschäftigte er sich mehr mit den Dingen, die ihm wichtig waren, wie zum Beispiel mit seiner Stiftung, der Foundation for Whole Families, mit der er Familien unterstützte, die unter Drogenmissbrauch litten. Die Stiftung erfüllte ihn auf eine Art und Weise, wie es weder die Autorennen noch Frauen je vermocht hatten.

Doch er schwieg, denn diese Zufälle würde Kat sicher als an den Haaren herbeigezogen oder vielleicht sogar als erfunden ansehen. Keines von beidem traf zu, aber das Wort *Schicksal* traf es mit Sicherheit.

»Jetzt«, fuhr sie schließlich fort, »bin ich für alles bereit. Eine erfüllende Arbeit und hoffentlich eine liebevolle und stabile

Beziehung. Vielleicht habe ich es nicht verdient, aber ich will es haben.«

Wie er sie so ansah und ihr zuhörte, merkte er, dass er genau das auch wollte.

»Ich habe schon Verträge mit vier gemeinnützigen Organisationen gemacht, die mir Shea vermittelt hat. Für sie waren sie zu klein, aber für mich perfekt. Um also auf deine Frage zurückzukommen: Ich bin nicht wirklich auf der Suche nach einem Ehemann, aber ich versuche eindeutig, nicht mehr die falschen Typen anzuziehen.« Sie lehnte den Kopf zurück an die Lehne und lachte. »Gelingt mir nicht gerade gut, oder?«

»Im Gegenteil. Ich finde, du bist ziemlich gut darin, nicht die falsche Art von Männern zu finden.« Noch einmal nahm Eric ihre Hand. »Vielleicht stimmt nur etwas nicht mit deiner Definition von *falsch*.«

Drei

Weston war eine kleine Rancher-Stadt in Colorado mit einer Atmosphäre, die sich sehr von dem hektischen Stadtleben unterschied, das Kat gewohnt war. Sich hier schick zu machen, hieß, eine knackige Jeans zu tragen und die Cowboystiefel auf Hochglanz zu polieren – und das gefiel ihr. Sie war schon ein paar Mal auf Hal Bradens Ranch gewesen, aber der atemberaubende Anblick der sanften Hügel und grünen Weiden erfüllte sie immer wieder mit einem friedvollen Gefühl, das überraschenderweise die Nervosität verscheuchte, die sie auf der Fahrt in dem Mietwagen durch die Nähe zu Eric erfasst hatte. Der Smalltalk war verblüffend leicht in Gang gekommen, auch wenn vieles davon mit flirtenden Bemerkungen und frechen Zweideutigkeiten gespickt war. Je mehr Zeit Kat mit Eric verbrachte, umso mehr mochte sie ihn. Aber sie konnte die Alarmglocken, die in ihrem Kopf läuteten, nicht ignorieren. Der Mann war eindeutig ein Playboy und mit diesem Teil ihres Lebens hatte sie abgeschlossen.

Es war schon weit nach Mitternacht, als sie schließlich die Auffahrt zu Hals Haus hinauffuhren.

Sie stiegen aus und Eric deutete auf die Pferde auf der Weide. »Reitest du?«

»Nein, aber es steht auf meiner Liste der zu überwindenden Ängste.«

»Und wie läuft's? Mit dem Überwinden der Ängste?«

Kat beobachtete ihren gut aussehenden Fahrer interessiert, während er um den Wagen herumging und seine Taschen aus dem Kofferraum nahm. Er hatte ihr auf der Fahrt einige persönliche Fragen gestellt, zum Beispiel was sie mit ihrer Freizeit anstellte, da Brianna nun nicht mehr in ihrer Nähe wohnte, und wie es ihre Beziehung beeinflusste, dass ihre beste Freundin so viel reiste. Die meisten Männer würden sich keinen Dreck um solche Sachen scheren und kämen nicht einmal auf die Idee, danach zu fragen. Das gefiel ihr an ihm. Er war nicht so ichbezogen, wie sie ihn anfangs eingeschätzt hatte.

»Ganz gut«, antwortete sie schließlich. »Ein paar muss ich noch überwinden.«

»Die da wären?«

»Ach, keine Ahnung. Fliegen, zum Beispiel, wie du ja gesehen hast.«

»Du hast dich heute Abend im Flieger großartig geschlagen.«

Sie verdrehte die Augen. »Da ist noch Luft nach oben. Und meine anderen Ängste sind irgendwie albern. Du wirst lachen, aber ich hatte früher mal Angst, schnell zu fahren.«

Er hob eine Augenbraue.

»Keine Sorge. Mittlerweile liebe ich es, schnell zu fahren. Aber klar, schnelles Fahren in Richmond bedeutet etwa hundert Stundenkilometer. Das hat also nichts mit den Geschwindigkeiten zu tun, die du und Hugh fahrt.« Sie wollte nach ihrer Tasche greifen, doch er berührte ihre Hand.

»Ich nehme sie.«

»Das geht schon, ich kann mein Gepäck selbst tragen.« Sie

wollte ihm keine falschen Hoffnungen machen, aber die heißen Funken, die auf der Fahrt nur noch heftiger zwischen ihnen gesprüht hatten, ließen sich nicht leugnen.

»Keine Sorge, du musst nicht mit mir schlafen, nur weil ich deine Tasche trage.« Seine Mundwinkel zuckten verschmitzt, und noch bevor sie etwas antworten konnte, fügte er hinzu: »Aber du wirst es wollen, und da steht es mir bestimmt nicht zu, dich davon abzubringen.«

Verdammt, ja, sie wollte es, aber das konnte sie nicht machen. Nicht auf der Braden-Ranch und nicht mit einem Mann, der bereits bewiesen hatte, dass er ihre Welt mit Leichtigkeit auf den Kopf stellen konnte – und der dann von der Bildfläche verschwinden würde.

»Eric, ich werde nicht noch einmal mit dir schlafen.« *Egal, wie sehr ich es will.*

Er schloss den Kofferraum. Während der Mond auf sein umwerfendes Gesicht schien und sich sein Blick in ihr verlor, trat er näher an sie heran. »Wenn das am Flughafen alles war, was wir je haben werden, wie wäre es dann mit einem letzten Kuss?«

»Ein Kuss?« Bei dem Gedanken daran lief ihr schon das Wasser im Mund zusammen.

»Ein Kuss.« Er kam noch näher, ihre Oberschenkel berührten sich leicht, und sie spürte die Hitze, die von ihm ausging, vom Kopf bis in die Zehenspitzen und an allen Stellen dazwischen. »Quasi zum Abschied. Und dann kannst du mich zum Mond schießen, wenn du willst.«

»Zum Abschied.« Dieser Kerl brachte sicher nur Ärger. Sie würde ihn gern in den nächsten unfassbaren Orgasmus schießen, aber nicht zum Mond.

Seine dunkler werdenden Augen verrieten ihr, dass er ihren

stockenden Atem sehr wohl wahrnahm. Er ließ die Finger durch ihre Haare gleiten, legte die warme Hand in ihren Nacken und jagte einen mittlerweile vertrauten, freudig erregten Schauer durch ihren Körper.

»Ein Nein«, sagte er mit seiner tiefen Stimme, »und ich lass dich in Ruhe.«

Das *Nein* lag ihr auf der Zunge, doch irgendwo zwischen *Bitte* und *Küss mich einfach* ging es verloren. Sie umklammerte seine Hüften, war sich ihrer Stimme nicht sicher, und hoffte, dass er es als Bestätigung dafür sehen würde, dass sie den Kuss ebenso sehr wollte wie er.

»Kat«, flüsterte er an ihren Lippen. »Du wirst mich nicht vergessen können. Das lasse ich nicht zu.«

Er verschloss ihren Mund mit seinem, ihre Körper prallten aneinander, sodass die Tasche, die er sich über die Schulter gehängt hatte, an seinem Arm herunterglitt und gegen ihre Hüften stieß. Beide lächelten nur kurz, dann nahm sein Mund schon wieder den ihren in Besitz, und er zog sie mit seinem Geschmack, seinem Duft, seiner Zunge in seinen Bann. Sie versuchte, an ihren Gedanken festzuhalten – *mach es kurz, ein kurzer Abschiedskuss* –, doch er packte ihren Hintern, drückte sie an seine herrliche Härte, und ihre Gedanken waren fort. Nie war ein Mann so köstlich gewesen, hatte ihre Entschlossenheit so aggressiv auf die Probe gestellt.

Als ihre Lippen sich schließlich voneinander lösten, hielt sie die Augen noch geschlossen und genoss die kribbelnde Spannung, die durch ihren Körper strömte, ihre brennenden Lippen, das schmerzhafte Verlangen in ihrem Schoß. Er ließ die Finger durch ihre Haare gleiten, und sie hörte ihn langsam ausatmen, während er seine Stirn an ihre legte. Sie öffnete die Augen und sah, dass er sie nun irgendwie anders betrachtete.

Sein Blick war zärtlich, etwas verwirrt und erfüllt von etwas anderem als Verlangen. Wie gern hätte sie diesen Blick festgehalten und wäre darin für Stunden versunken.

»Wer bist du, Kat Martin?«, flüsterte er. »Du fühlst dich so vertraut an, als würde ich dich schon ewig kennen.«

Das Licht auf der Veranda ging an, doch keiner von beiden regte sich. Sie war sich nicht einmal sicher, ob sie überhaupt atmeten. Das Geräusch der Haustür, die aufgemacht wurde, drang schließlich zu ihrem benommenen Hirn durch. Sie zwang sich, den intensiven Geschmack von Verlangen hinunterzuschlucken und einen Schritt zurückzutreten. Aber ihre Blicke hielten aneinander fest, und sie hatte das seltsame Gefühl, einen Teil von sich bei ihm gelassen zu haben.

Eric wurde einfach das Gefühl nicht los, dass er Kat schon einmal begegnet war. Prüfend schaute er ihr in die Augen, suchte nach einer Art Erkennen jenseits des Naheliegenden, aber er merkte, dass er mit diesem Erkennen allein war. Die Erleichterung war bittersüß. Sie weckte Erinnerungen an seine schwierige Jugend, Erinnerungen, die er für gewöhnlich tief in sich verborgen hielt, damit niemand sie an die Oberfläche holen konnte. Nur dass diese Erinnerungen auch mit etwas Angenehmem verbunden waren. Flüchtige Gefühle von Glück, die seine unheilvolle Kindheit durchbrochen hatten.

Kat berührte ihre Lippen, als könnte sie die Hitze des Kusses bewahren, während ihr anhaltend sehnsuchtsvoller Blick ihm verriet, dass sie diesen Kuss im Leben nicht vergessen würde. Er würde es mit Sicherheit nicht. Wie auch, wenn sie so süß war, so sexy und wenn sie derart schöne Gefühle in ihm auslöste?

Er warf sich ihre Tasche über die Schulter und trat neben sie, als Hugh und Brianna die Stufen der Veranda herunterkamen. Kat knabberte wieder auf ihrer Unterlippe herum und sah ihren Freunden entgegen. Die Sorge in ihren Augen entging ihm nicht. Er berührte ihre Hand und wollte ihr versichern, dass er Hugh und Brianna gegenüber nichts verlauten lassen würde, als sich ein entschlossener Ausdruck auf ihr Gesicht legte.

»Das ist nie passiert«, sagte sie barsch, bevor sie ein Lächeln aufsetzte und in Briannas offene Arme eilte.

»Ich kann kaum glauben, dass du da bist!« Brianna umarmte sie. »Und ich bin so froh, dass du Eric getroffen hast. Wie habt ihr euch kennengelernt?«

Kats Lächeln verschwand, was Hugh offensichtlich nicht entging, denn er sah Eric fragend an.

»Wir haben uns in der Schlange bei der Autovermietung getroffen«, erklärte er schnell, »und beschlossen, dass wir uns etwas Geld sparen könnten.« Kat bekundete ihre Erleichterung mit einem Nicken.

»Ich freue mich ja so. Kommt schon. Die Kinder und Hal schlafen natürlich schon, aber ich zeige dir erst mal dein Zimmer.« Brianna und Kat gingen in Richtung Haus.

Die beiden Männer waren über eins neunzig groß und standen sich gegenüber. Der fragende Blick in Hughs dunklen Augen entging Eric nicht, als er seinen Freund umarmte.

»Schön, dich zu sehen, Hugh.«

»Ist ja schon länger her. Wie war die Reise?« Hugh schloss den Kofferraum und gemeinsam gingen sie über den Kiesweg.

»Großartig. Abgesehen von den Verspätungen keine Probleme.«

Sie kannten sich seit den Anfängen ihrer Rennfahrerkarriere, als sie alles – von Geheimnissen bis hin zu Frauen – miteinander geteilt hatten. Aber die Liebe hatte Hugh verändert, und auch jetzt, einige Jahre und ein Baby später, sah Eric den erfüllten Ausdruck in den Augen seines Freundes.

»Willst du über die Funken reden, die zwischen euch beiden sprühen?«, fragte Hugh.

Hugh war ihm immer ein zu guter Freund gewesen, als dass Eric ihn hätte anlügen können, aber er verspürte auch den unerwarteten Drang, Kats Privatsphäre zu schützen.

»Sie ist eine umwerfende Frau. Ich bin ein gut aussehender Kerl. Da sprühen schon mal irgendwelche Funken.« Unverfänglich und keine Lüge.

»Da ist wohl etwas Wahres dran, mein Freund.« Sie stiegen die Stufen zur Veranda hinauf, doch bevor er die Tür öffnete, hielt Hugh Eric am Arm zurück. »Eric, wie geht es dir wirklich? Irgendetwas Neues in Bezug auf deine Eltern?«

Besser, man brachte das schwierigste Thema gleich hinter sich. »Mir geht es gut, und nein. Nichts Neues. Sie leben ihr einfaches und glücklicherweise abstinentes Leben, und ich lebe meines. Aber ich freue mich, hier zu sein, Hugh. Es geht doch nichts über ein Wochenende bei Hal.« Eric hatte im Alter von fünfzehn Jahren einen Job an der Rennstrecke erhalten und ein Mechaniker hatte ihn unter seine Fittiche genommen. Mit sechzehn war er ausgezogen. Oft hatte Eric in jenen ersten Jahren mit dem Gedanken gespielt, sich bei seinen Eltern zu melden, doch es war zu schmerzhaft gewesen, zu sehen, wie die Menschen, die eigentlich für ihn sorgen sollten, nicht einmal willens waren, für sich selbst zu sorgen. Und später, nachdem sie endlich ihr Leben in den Griff bekommen hatten, hatten sie noch immer kein Interesse an ihm aufgebracht. Bis zum heutigen Tage war der Kontakt auf ein Minimum beschränkt.

Hugh betrachtete seinen Freund prüfend, und Eric fragte sich, was er wohl sah. Die Sehnsucht nach einer Kindheit, die er nie haben würde, unbewältigte Wut auf seine Eltern, oder die Sehnsucht nach einer Frau, die irgendwie die Mauern überwunden hatte, die er um sich herum aufgebaut hatte, und die innerhalb von wenigen Stunden all seine Gedanken eingenommen hatte?

»Tja, Kumpel«, sagte Hugh, »jetzt bist du ja hier. Fühl dich wie zu Hause.«

Sich irgendwo zu Hause zu fühlen, war Eric noch nie leichtgefallen, aber dank der Gastfreundschaft der Bradens und des Wissens, dass Kat im Haus war, wollte er es gern versuchen.

Vier

Nach einer schlaflosen Nacht, in der sie sich wegen dem, was sie mit Eric getan hatte, Vorhaltungen gemacht hatte, beschloss Kat, sich zu vergeben. Letztendlich war sie auch nur ein Mensch, und Eric James war eine Art Sexgott. Jede Frau wäre seinen Verführungskünsten erlegen.

Wenn sie doch jetzt nur noch aufhören könnte, an ihn zu denken.

So schnell würde ihr das wohl nicht gelingen. Die ganze Nacht über hatte sie an ihren letzten Kuss gedacht, hatte seine Stimme sagen hören, er hätte das Gefühl, sie schon seit Ewigkeiten zu kennen. Sie konnte nicht leugnen, einen Hauch der Vertrautheit empfunden zu haben, als sie sich auf der Auffahrt geküsst hatten, aber sie hatte es darauf zurückgeführt, dass sie sich am Flughafen geküsst hatten, und diese Küsse waren in ihren Gedanken noch ganz frisch. Wie auch all das andere, was sie getan hatten.

Es war kurz vor sechs Uhr am Samstagmorgen, und Kat saß auf der Veranda hinter dem Haus, wo sie lauschte, wie die Ranch langsam erwachte. Sie war schon immer eine Frühaufsteherin gewesen, und durch den Zeitunterschied zwischen Virginia und Colorado dachte ihr Körper, es wäre acht Uhr. Die

Sonne lugte über die Berge, ließ rosa Bänder am Himmel erscheinen, und nicht zum ersten Mal fragte sie sich, wie es wohl wäre, an einem Ort wie diesem zu leben, weit entfernt von den Geräuschen und Gerüchen der Stadt und umgeben von Familie. Hals Söhne Treat und Rex hatten sich auf den angrenzenden Grundstücken niedergelassen. Sie wusste, dass Treat und seine Familie zurzeit in einer seiner vielen Hotelanlagen waren, doch Rex, einen kräftigen Cowboy mit der Statur eines Footballers, den pechschwarzen Haaren und seinem unvermeidlichen Stetson auf dem Kopf, hatte sie unten bei der Scheune gesehen, als sie aus dem Haus gekommen war. Rex führte die Ranch seines Vaters, und Kat kam es so vor, als arbeitete er von Sonnenaufgang bis Sonnenuntergang.

»Du scheinst meilenweit weg zu sein«, sagte Eric, als er zur Tür herauskam. In den Jeans und mit einem weißen T-Shirt, das sich eng um seine muskulöse Brust und die kräftigen Oberarme spannte, sah er umwerfend aus. Schläfrigkeit lag in seiner Stimme, und die Haare waren verstrubbelt, als wäre er geradewegs aus dem Bett gefallen. Sie fragte sich, ob er diesen sexy zerzausten Look immer trug.

Er setzte sich neben sie, und sie bemerkte, dass er barfuß war, was aus irgendeinem Grund seinen Attraktivitätslevel noch erhöhte. Sie liebte es, wenn ein Mann selbstbewusst war und sich wohl in seiner Haut fühlte, und auf Eric traf beides hundertprozentig zu. Sie lächelte und genoss es, dass er sie voller Wärme ansah. Die Intensität vom Abend zuvor war verschwunden.

»Ich überlege nur gerade, wie es wohl wäre, hier zu leben«, antwortete sie.

Er reichte ihr seinen Kaffeebecher. »Möchtest du einen Schluck?«

»Gern. Danke.« Sie schloss die Augen und spürte der warmen Flüssigkeit nach. »Du trinkst ihn auch mit Milch und Zucker. Wie praktisch.«

»Ich bin mir sicher, dass wir vieles gemeinsam haben.« Als sie ihm den Becher zurückgeben wollte, legte er den Zeigefinger auf ihren und verhinderte so, dass sie ihre Hand zurückzog.

Ihr Herzschlag nahm an Fahrt auf. In der Bar wurde sie ständig von Männern angemacht, beachtete sie jedoch nie sonderlich. Aber etwas an Eric versetzte ihren ganzen Körper in erhöhte Aufmerksamkeit, und seltsamerweise wurde ihr ganz warm ums Herz, wenn er in der Nähe war.

Er lächelte und ließ ihren Finger los. Auch wenn sie sich nicht mehr berührten, blieb ihre kuriose Verbindung bestehen, und wieder versuchte sie sich daran zu erinnern, dass er nur ein One-Night-Stand war und kein potenzieller Partner.

»Ich habe in Upstate New York so ein Grundstück, in den Silver Mountains. Pferde habe ich nicht, aber etwa hundert Morgen bewaldete Hügel mit einem Bach, der dort hindurchfließt. Es ist schön. Ruhig.«

»Klingt herrlich. Verbringst du viel Zeit dort?«

Er nahm einen Schluck Kaffee und schüttelte den Kopf. »Neben meinen Rennterminen und den Charity-Events schaffe ich es nicht so oft, wie es mir lieb wäre.«

Sie fragte sich, wie viel Zeit er mit der Jagd auf Frauen verbrachte, und es ärgerte sie selbst, dass sie sich darüber den Kopf zerbrach.

»Ich dachte, du wärst müde nach dem langen Abend gestern. Ich bin davon ausgegangen, dass ich den Sonnenaufgang allein erleben würde.« Er nahm noch einen Schluck Kaffee und schaute zu den Bergen.

»Du bist eigens für den Sonnenaufgang herausgekommen?«

Er nickte. »Das mache ich immer, wenn ich hier bin. Es gibt nichts Schöneres als einen Sonnenaufgang in Colorado.« Er strich ihr die Haare über die Schulter. »Nur dass ich mich anscheinend geirrt habe. Du bist noch viel schöner als der Sonnenaufgang.«

Sie lachte. »Und schon wieder zeigst du mir, wie talentiert dein Mundwerk ist.«

»Du hast noch nicht einmal ansatzweise gesehen, wie talentiert mein Mund ist.« Er rieb sich über sein unrasiertes Kinn. »Das sollte keine platte Anmache sein, auch wenn es sich so angehört hat. Es tut mir leid, wenn ich zu aufdringlich aufgetreten bin oder dich irgendwie verschreckt habe, aber ich werde nicht leugnen, wie sehr ich mich zu dir hingezogen fühle.«

Sie spürte, wie ihre Wangen glühten, und wandte den Blick ab. Er drehte ihr Kinn wieder zu ihm, sodass sie gar nicht anders konnte, als ihn anzusehen.

»Macht dich meine Ehrlichkeit verlegen oder törnt sie dich ab?« Ernst sah er sie an, die Worte waren aufrichtig, und wieder merkte sie, dass ihr warm ums Herz wurde.

»Sagst du immer, was du denkst?«

»Ja, mein Filter ist ziemlich durchlässig.« Er lächelte und reichte ihr noch einmal seinen Kaffee, den sie dankbar entgegennahm. Sie brauchte Koffein für diese Unterhaltung. »Vermeidest du es immer, auf Fragen zu antworten, die dir unangenehm sind?«

»Gefällt es dir, mich in unangenehme Situationen zu bringen?« Sie konnte gar nicht anders, als auf sein Spiel einzugehen. Er war anders als alle Männer, die sie je kennengelernt hatte, und so sehr sie seine direkte Art immer wieder aus dem Konzept brachte, so sehr fühlte sie sich davon – von ihm – angezogen.

»Eine ziemlich schwierige Frage.« Er drehte sich auf dem

Stuhl herum, sodass sein Bein zwischen ihren war. Seine Hand lag nun auf ihrem Knie, doch sein heißer Blick ließ sie nicht los. »Vielleicht provoziere ich dich absichtlich, aber nur weil ich dich unglaublich anziehend und interessant finde.« Er beugte sich nah zu ihr herüber und raubte ihr fast die Luft zum Atmen. »Konntest du unseren Kuss vergessen?«

Bei der Erinnerung daran prickelten ihre Lippen.

»Verrat mir nur eines, Kat. Erinnerst du dich an den Kuss jedes Mannes, so wie du dich an meinen erinnerst?«

Oh nein!

»Spürst du noch meine Lippen auf deinen? Unsere Münder aufeinander, meine Zunge an deiner? Kannst du mich noch schmecken, so wie ich dich noch schmecke?« Sein Daumen kreiste langsam auf ihrem Knie und machte es ihr fast unmöglich, einen klaren Gedanken zu fassen. »Als du gestern Abend im Bett lagst, hast du da deine Augen geschlossen und dich daran erinnert, wie ich dich erfüllt habe, so wie ich mich daran erinnert habe, wie fest du dich um mich geschlossen hast?«

Er schwieg, und sie wusste nicht, ob es eine Kunstpause war oder ob er merkte, dass sie nicht mehr atmete. So oder so war sie dankbar dafür, denn ihr ganzer Körper stand so unter Strom, dass er sie allein durch seine Worte fast zum Explodieren gebracht hätte – und dann noch sein verdammter Daumen, der das Verlangen wie Nadelstiche auf ihrem Oberschenkel prickeln ließ.

Er nahm die Hand von ihrem Bein, ließ einen kalten Lufthauch zurück, und streichelte ihr übers Kinn, wobei sein begnadeter Daumen über ihre Unterlippe glitt. Sie konnte kaum atmen, als er sich noch näher zu ihr lehnte.

Küss mich.

»Die ganze Nacht habe ich daran gedacht, wie es wohl wäre,

mit dir in meinen Armen aufzuwachen. Dir einen Guten-Morgen-Kuss zu geben und deinen Körper weich und warm an meinem zu spüren. Ich möchte dich küssen, Kat. Nur einen Kuss.«

Sie überlegte nicht, bevor das Flüstern schon aus ihr herausbrach: »Küss mich.«

Leicht, warm und süß drückte er seine Lippen auf ihre. Ihr Inneres erschauderte bei der Zärtlichkeit seines zurückhaltenden Kusses, dem köstlichen Gefühl, als sein Mund ihren berührte. Als er sich von ihr löste, ohne den Kuss vertieft zu haben, kam ein brennendes Verlangen in ihr auf, und in dem Moment meldete sich ihr Verstand wieder zurück. Sie schüttelte den Kopf und versuchte, die traumhafte Vertrautheit, die er ihr eingeflößt hatte, loszuwerden. Was tat sie da?

»Das gestern Abend sollte unser letzter Kuss sein«, erinnerte sie ihn.

Er lächelte. »Wolltest du das?«

Sie stand auf. Es beunruhigte und irritierte sie, dass ihr Körper durch seine Berührung regelrecht zu vibrieren schien. Sie war ärgerlicherweise angetörnt. *Nein*, sie wollte nicht, dass es ihr letzter Kuss gewesen war, aber sie wollte auch keine Wochenendaffäre. Er beobachtete sie, während sie auf der Veranda auf- und abging, und das verärgerte sie nur noch mehr, denn sie wusste, dass er ihren Frust spürte und einfach nur wollte, dass sie sich abreagieren konnte. Eigentlich hätte sie deswegen noch mehr sauer sein müssen, aber auch das törnte sie verdammt noch mal an, weil er alles an ihr wahrnahm. Sie hatte noch nie einen Mann kennengelernt, der ihre Gefühle und Handlungen so durchschaute.

»Du bringst mich vollkommen durcheinander«, gestand sie schließlich.

Er stellte den Kaffeebecher neben seinem Stuhl auf den Boden und stand auf, um sie dann sanft in den Arm zu nehmen. »Dann sag mir, dass ich damit aufhören soll, Kat. Sag mir, dass ich dich ein für alle Mal in Ruhe lassen soll.« Seine Worte klangen grob, herausfordernd, und standen im krassen Gegensatz zu der Art, wie er sie umarmte. Er legte die Hände fester um ihre Hüften. Sie liebte seine Stärke und hatte die ganze Nacht daran gedacht, wie heftig er in sie eingedrungen war, und stundenlang hatte sie ihren intensiven Sex wieder und wieder durchlebt.

Er schob seine Hüfte an ihre und sie atmete heftig aus.

»Du stehst auf kurze Abenteuer«, sagte sie, drückte ihn von sich und wollte ihm doch nah sein. »Es ist einfach zu leicht, sich dir hinzugeben«, brachte sie schließlich heraus.

»Woher weißt du, dass ich auf kurze Abenteuer stehe?« Sein Blick war unerbittlich.

»Du hast mich in der Flughafenbar abgeschleppt«, erinnerte sie ihn.

»Man könnte auch sagen, du hast mich abgeschleppt.« Er lächelte, aber das Feuer in seinen Augen wurde dadurch nicht kleiner.

Sie krallte sich in sein T-Shirt, wobei sie selbst nicht wusste, ob sie ihn festhielt oder auf Abstand hielt. »Du bist mir zu den Toiletten gefolgt.«

»Du wolltest es so.«

»Gar nicht. *Du* hast *mich* geküsst!«

»Das habe ich anders in Erinnerung. Ich erinnere mich daran, dass ich dich gebeten habe, mich wegzuschicken, so wie ich es gerade eben getan habe, und du hast mir zwischen die Beine gefasst.«

Mist! Er hatte recht.

»Die Wahrheit ist, dass ich tatsächlich immer Frauen toll fand, die leicht zu haben waren. Da schätzt du mich schon richtig ein, Darling. Zweifellos.«

Ah! Also doch!

»Aber deshalb habe ich dich in der Bar nicht angesprochen. Du kamst mir bekannt vor, aber nicht schnell zu kriegen. Ja, du bist sexy und hinreißend, hast einen mörderischen Körper und Augen, die mein bestes Stück verzücken, aber du fühltest dich vertraut an. Du hast dich anders angefühlt, richtig, so wie es bei anderen Frauen nicht der Fall ist. Und als ich dich gekostet habe …«

Sie bekam weiche Knie, als er mit den Lippen leicht über ihre strich.

»Es gab kein Zurück. Es gibt kein Zurück. Das fühlst du doch auch, Kat. Das weiß ich.«

»Ich …« *Sag es nicht. Sag nicht, dass du ihn willst.* »Ich will kein kurzes Abenteuer sein.«

Er sah sie eindringlich an und seine Stimme war von Verlangen erfüllt. »Was willst du sein?«

Woher zum Teufel soll ich das wissen? Eine Freundin? Ein Date? Eine Liebhaberin? Sie war eine Frau, die ihre Ängste überwand und das Leben bei den Hörnern packte, aber ihr fiel ums Verrecken keine Antwort ein. Sie wusste nur, dass sie *etwas* für ihn sein wollte, und das war wahrscheinlich eine ziemlich schlechte Idee.

»Wenn du so weit bist, dass du mir sagen kannst, was du willst, dann lass es mich wissen.« Er ließ sie los. Schwach und verwirrt stand sie da, als er seinen Kaffeebecher aufhob und zur Tür ging. Er griff nach der Klinke, und sie musste schlucken, damit ihr das Herz nicht aus der Kehle sprang.

»Ich will das, was du nie sein kannst«, brachte sie endlich

heraus.

Seine Hand hielt inne. Erstaunt – und als wäre er niedergeschmettert – drehte er sich langsam zu ihr um. Die Entschlossenheit in seinem Blick war eindeutig. Ihre falsche Einschätzung seines Verhaltens wurde ihr bewusst, als er wieder auf sie zuging.

»Woher willst du wissen, was ich sein kann und was nicht?« Sein Tonfall war so finster und ernst, dass sie einen Moment lang wie betäubt war.

»Du hast gesagt, dass du Frauen willst, die schnell zu haben sind.«

»Nein, ich habe gesagt, dass ich immer Frauen toll *fand*, die schnell zu haben sind.«

»Musst du immer alle Worte auf die Goldwaage legen?« Sie verschränkte die Arme vor der Brust und schuf so eine hervorragende Barriere zwischen der Hitze, die von ihm ausging, und ihrem Herzen.

»Worte sind eindeutig. Wenn du sie richtig benutzt, lassen sie keinen Raum für Fehlinterpretationen.« Sein Blick wurde weicher. »Ich hatte meinen Spaß mit solchen Frauen. Vergangenheitsform. Das ist eine Tatsache. Aber aus welchem Grund auch immer bin ich von dir vollkommen fasziniert. Ich will alles von dir wissen, welche Ängste du überwinden willst, welche Gefühle du versteckst. Ich will dich erforschen und Zeit mit dir genießen, Kat. Gegenwartsform.« Er schwieg kurz, und die Stille pulsierte zwischen ihnen. »Also sag es mir, Kat. Was willst du?«

Die Tür zur Veranda wurde aufgeschoben und Layla stürmte auf Kat zu. »Tante Kat!«

Kat riss ihren Blick von Eric los und nahm die Unterbrechung erleichtert an. Wenn sie noch eine Sekunde länger allein gewesen wären ... Gott weiß, was sie ihm geantwortet hätte. Der Mann war so präsent, und alles, was er sagte, war so leidenschaftlich, dass sie überrascht war, dass die Funken zwischen ihnen keine Flammen schlugen.

»Hallo, meine Süße!« Sie umarmte Layla, schaute über deren Kopf hinweg zu Eric und war immer noch krampfhaft auf der Suche nach einer Antwort. »Wie groß du geworden bist und wie lang deine Haare jetzt sind! Du siehst so hübsch aus, genau wie deine Mom, aber du siehst aus wie zwölf, nicht wie zehn.«

Layla kicherte. »Ich hab dich so doll vermisst! Mom badet Christian gerade und Daddy macht Frühstück.« Sie war ihrer Mutter wie aus dem Gesicht geschnitten, hatte schokobraune Augen, dunkle glänzende Haare und ein strahlendes Lächeln. Sie drehte sich zu Eric um und schlang die Arme um seine Taille. »Onkel Eric! Dich hab ich auch vermisst!«

Eric hob Layla in die Höhe und gab ihr einen Kuss auf die Wange, sodass die Spannung, die Kat nur einen Augenblick zuvor noch gespürt hatte, verschwand. »Ich habe dich auch vermisst, meine Kleine.«

»Daddy hat gesagt, dass du Tante Kat nicht mehr nerven sollst, sondern reingehen und ihm beim Frühstückmachen helfen.«

Er setzte Layla wieder ab. »Dann helfe ich ihm lieber mal ein wenig. Dein Vater ist der reinste Chaot in der Küche.«

»Nein, das ist er gar nicht!« Layla lachte. »Er kocht total gern.«

Eric hockte sich neben sie und flüsterte ihr etwas ins Ohr, das sie zum Kichern brachte. Sie schaute zu Kat auf und nickte. Kat fragte sich, was zum Teufel er gesagt hatte, aber fragen würde sie natürlich nicht. Eric griff hinter Laylas Ohr, und als er die Hand öffnete, kam ein goldenes Glücksarmband zum

Vorschein.

Layla hielt den Atem an, als er ihr das Armband um das schmale Handgelenk legte. Dann stand er auf und verbeugte sich übertrieben. »Meine wunderschönen Damen, ich verabschiede mich.«

Nachdem er hineingegangen war, hielt Layla ihr Handgelenk in die Höhe, damit Kat das hübsche Armband mit dem Herzanhänger bewundern konnte.

»Das ist wunderschön, Layla. Bringt Onkel Eric dir oft Geschenke mit?«

»Mhm. Manchmal schickt er sie auch mit einer Karte mit der Post. Christian schickt er auch was.« Neckisch blickte sie zu Kat, und Kat spürte, dass ihr angesichts von Erics Aufmerksamkeit das Herz aufging. »Er hat gesagt, dass du ihn bald Prinz Eric nennst.«

Kat stockte der Atem. Sie erinnerte sich an die Zeit, als Hugh und Brianna sich gerade kennengelernt hatten, kurz vor Laylas sechstem Geburtstag, als Layla sich in einer heftigen Prinzessinnen-Phase befunden hatte. Sie hatte Hugh *Prinz Hugh* genannt. Warum zum Teufel musste Eric so etwas zu einem kleinen Mädchen sagen, das ihn offensichtlich abgöttisch liebte? Es war eine Sache, mit ihren Gefühlen zu spielen, aber mit denen eines kleinen Mädchens?

Sie wusste nicht, was sie antworten sollte, und sie hatte keine Ahnung, was sie von dem Mann halten sollte, der so süß mit Layla umging, vollkommen aufmerksam, herzlich und liebevoll war, während er Kat gegenüber vor Sexappeal strotzte und besitzergreifend auftrat. Wie sollte sie das Wochenende überstehen, wenn er sie bei jeder Begegnung vor Verlangen fast in die Knie zwang?

Fünf

Eric verbrachte den Nachmittag mit Hugh, und während sie plauderten und über den neuen Stipendienfonds seiner Stiftung redeten, versuchte er vergebens, nicht an Kat zu denken. Sie und Brianna unterhielten sich, lachten und spielten draußen mit den Kindern direkt vor dem offenen Fenster, sodass er permanent von ihrer süßen Stimme abgelenkt wurde. Kats Lachen war so sorglos und lebendig, dass dieses Gefühl von Vertrautheit sein Herz mit jedem Mal einen Schlag aussetzen ließ.

»Junge, du bist ja ziemlich weit weg«, sagte Hugh.

»Musste nur gerade an etwas denken.«

»Du meinst an jemanden?« Hugh deutete mit einer Kopfbewegung Richtung Fenster.

»Irgendetwas an ihr kommt mir bekannt vor. Ich habe das Gefühl, dass ich sie kenne, Hugh. Das ist total seltsam und macht mich irgendwie nervös.«

»Nervös auf eine ungute Art? Denn wie ich gestern Abend schon gesagt habe, die Funken, die zwischen euch beiden sprühen, sind nicht übel.« Er holte zwei Flaschen Bier aus dem Kühlschrank und reichte Eric eine.

»Danke.« Er öffnete die Flasche und nahm einen Schluck,

dann lehnte er sich zurück und streckte die Beine von sich. »Ich habe das Gefühl, sie zu kennen. Sie erinnert mich an dieses Mädchen, das ich als Kind gekannt habe.«

»Hey, es gab schon seltsamere Sachen«, sagte Hugh. »Frag sie. Vielleicht ist sie es ja.«

Auf keinen Fall würde er Kat fragen, ob sie im Camp Kachimonte gewesen war. Im Alter von neun Jahren hatte er sich im Sommer in das Ferienlager geschlichen, als er eine Auszeit von seinen zugedröhnten Eltern – und unangenehmerweise auch etwas zu essen – gebraucht hatte. Seine Eltern waren nicht besonders gut darin gewesen, sich um ihn zu kümmern, so wie sie sich um ihre Drogensucht hatten kümmern können. Hugh wusste über Erics Eltern Bescheid, aber er wusste nicht, dass sein Freund sich in jenem Sommer an fast jedem Nachmittag in die Küche des Ferienlagers gestohlen hatte. Eric hatte nicht viele konkrete Erinnerungen an diese Nachmittage, da sich die meisten zu einem Wirrwarr aus Angst und Scham vermischt hatten, aber drei Vorkommnisse waren fest in seinem Gedächtnis verankert. Einmal hatte er einen Jugendlichen daran gehindert, einem kleinen Jungen zuzusetzen, und ein kleines Mädchen mit großen Augen und blonden Haaren, die sicher kaum älter als fünf oder sechs Jahre gewesen war, hatte gesagt, er wäre der mutigste Junge, den sie je gesehen hatte. Das zweite Mal war genau diesem kleinen Mädchen das Eis auf den Boden gefallen, und er hatte sich in die bereits geschlossene Küche geschlichen, um ihr ein neues zu holen. Da hatte sie gesagt, er wäre der netteste Junge, den sie je kennengelernt hatte. Solche Dinge sollten für einen neunjährigen Jungen eigentlich nicht so bedeutsam sein, aber Eric hatte in seiner Kindheit nicht sehr viel Anerkennung bekommen, daher hielt er an diesen wohltuenden lobenden Worten fest und ließ sich von ihnen durch härtere

Tage tragen.

»Nein. Sie kann es auf keinen Fall sein, es ist sehr lange her. Sie erinnert mich bloß an sie, das ist alles.«

Er dachte an die dritte, eindrucksvollste Erinnerung, die er am häufigsten heraufbeschwor. Nicht wegen des Lobes, sondern wegen des Ausdrucks in den Augen des kleinen Mädchens, als sie zu ihm die Worte gesagt hatte, die ihm bis zu dem heutigen Tage zu schaffen machten. Er war in dem See geschwommen, in einiger Entfernung von den Kindern aus dem Lager, als er das Mädchen strampelnd und fuchtelnd im Wasser entdeckt hatte. Einige Zeit zuvor war er erwischt worden, als er sich in das Lager geschlichen hatte, und als die Polizei ihn nach Hause gebracht hatte, war seinem zugedröhnten Vater nichts Besseres eingefallen, als ihn mit dem Gürtel zu malträtieren. Eric wusste, was ihn erwartete, wenn er wieder erwischt würde, aber als er das Mädchen untergehen sah, zögerte er nicht, sie zu retten. Er zog sie an den Strand und legte sie auf die Seite, so wie er es bei den Rettungsschwimmern gesehen hatte, die es den älteren Kindern in einem ihrer Erste-Hilfe-Kurse beigebracht hatten. Sie hatte Wasser gespuckt, gehustet und gewürgt, und als sie sich schließlich aufgesetzt hatte, hatte sie die verweinten Augen weit aufgerissen und die winzigen Hände an seine Wangen gelegt. Noch immer spürte er die Berührung auf seiner Haut. *Du hast mich gerettet. Du bist ein wahrer Held,* hatte sie gesagt und dann ihre Lippen auf seine gedrückt. Sie war ein kleines Mädchen und der Kuss hatte natürlich überhaupt nichts Sinnliches an sich. Es war ein hektischer, erleichterter Ausdruck von Dankbarkeit, aber als der Betreuer sie sah, war er durchgedreht vor Wut und eine Verfolgungsjagd hatte begonnen. Zum Glück war Eric ein schneller Läufer gewesen. Er war über den Zaun gesprungen und wie der Blitz außer Sichtweite gerannt.

Damals hatte er viel Übung im Weglaufen gehabt – und seitdem hatte er jeden Tag damit verbracht, seiner Vergangenheit zu entkommen.

Hal Braden kam zur Verandatür heraus, nahm den kleinen Christian auf den Arm und drückte dem sich windenden Jungen einen Kuss auf die Stirn. Er war ein stattlicher, fast zwei Meter großer Mann. Auch mit knapp siebzig strahlte er eine beeindruckende Präsenz aus, er hatte eine breite Brust und eine tiefe, raue Stimme, die der von Clint Eastwood in nichts nachstand. Er war von Liebe und Loyalität erfüllt, hatte sechs Kinder allein aufgezogen, nachdem er seine noch junge Frau an den Krebs verloren hatte, und Kat hatte ihn unfassbar gern. Er hatte nicht nur Brianna und Layla wie sein eigen Fleisch und Blut aufgenommen, sondern auch sie im Kreise seiner herzlichen Familie willkommen geheißen.

Layla sprang von dem Tisch, an dem sie gesessen hatten, auf und umarmte ihn. Mit Christian auf dem Arm beugte er sich zu ihr hinunter und küsste sie auf den Kopf. »Wie geht es meinen Lieblingsmädchen?«

»Wir sind fast fertig, um zu unserer Fotosession loszuziehen«, sagte Brianna. Sie wollten heute die Bilder von Kat für ihre Werbeprospekte und Website machen. Kat konnte es immer noch kaum glauben, dass ihre Geschäftsidee konkrete Formen annahm.

»Bist du bereit, um zu Onkel Rex und Tante Jade rüberzugehen?«, fragte Hal.

»Ja! Ja! Onkel Rexy hat gesagt, ich darf auf seinem neuen

Pferd reiten!« Layla rannte zu Brianna und verabschiedete sich mit einer Umarmung.

»Nimm deine Reitstiefel mit, Layla, und sag Tante Jade, dass sie dich dieses Mal nicht so mit Schokolade vollstopfen soll.«

»Ach, Mom! Tante Jade hat gesagt, du hast nichts zu bestimmen, wenn ich da bin. Ich hole meine Stiefel.« Sie rannte zur Tür und Hal lachte.

»Das kannst du ebenso gut aufgeben, mein Schatz. Jade ist schwanger und quillt vor Muttergefühlen nur so über. Lass sie das Kind doch ein wenig verwöhnen.« Hal legte eine Hand auf Briannas Schulter und gab ihr einen Kuss auf den Kopf, so wie er es bei Layla getan hatte.

»Tja, Rache ist süß«, sagte Brianna. »Ich werde ihrem kleinen Babyschätzchen einen Zuckerschock verpassen und ihr dann das aufgedrehte Bündel zurückgeben.«

»Dafür ist Familie doch da. Um alle nach bestem Wissen und Gewissen zu lieben. Dagegen kann man doch nichts haben.« Hal sah Kat mit seinen dunklen Augen an und legte ihr seine große Hand auf die Schulter. »Wie sieht's bei dir aus, Darling? Irgendein Traumprinz in Sicht?«

Dass er sie Darling nannte, berührte sie, und ihr wurde klar, dass Eric dieselbe liebevolle Bezeichnung für sie benutzte. Sie fragte sich, wie viel Zeit Eric im Laufe der Jahre mit Hal verbracht hatte.

Wie aufs Stichwort kamen Hugh und Eric aus dem Haus. Sie waren beide umwerfende Männer, aber es war unfassbar, wie Eric ihr weiche Knie bescherte, und das, obwohl sie saß. Er war immer noch barfuß, hatte ein Bier in der Hand und in seinem Gesicht lag ein verwegenes Lächeln, das zwischen glühend heiß und vulkanartig changierte. War sie die Einzige, auf die seine unfassbar männliche Ausstrahlung wie ein Vibrator auf Höchststufe wirkte?

»Im Moment nicht, Hal«, sagte sie schließlich, als Eric neben ihr Platz nahm und eine Welle der Hitze mit sich brachte.

Hals wissender Blick wanderte zwischen ihnen beiden hin und her. »Mhm. Mach dir mal keine Sorgen, Darling. Dein Herz wird dir schon den richtigen Weg zeigen.«

»Pop, machst du wieder Werbung für die Liebe?« Hugh legte seinem Vater einen Arm um die Schulter und gab seinem Sohn einen Kuss auf die kleine Pausbacke.

»Für die Wahrheit, mein Junge, nur für die Wahrheit. Ich nehme die Kinder mit zu Rex, damit ihr den Abend für euch habt.«

»Danke, Dad. Bist du sicher, dass du nicht mit uns zum Abendessen ausgehen willst, nachdem Bree und Kat ihre Fotosession hinter sich gebracht haben?«

»Ich bleib hier, für den Fall, dass ich für Rex und Jade übernehmen soll. Christian hat seinen Opa nämlich total lieb, stimmt's, Christian?« Hal gab dem kleinen Jungen einen Kuss auf die Wange und Christian kicherte. »Amüsiert euch gut, Kinder.« Hal klopfte Hugh auf den Rücken und lächelte die anderen an. »Aber ich habe euch alle lieb.«

Die offene Zuneigung, die Hal ihnen entgegenbrachte, berührte Kat sehr und erinnerte sie daran, warum sie nicht daran interessiert war, nur eine Wochenendaffäre zu sein, nicht einmal für diesen megaheißen, ultraorgasmischen Eric. Sie wollte mehr für sich.

»Bree«, sagte Hugh mit einem hoffnungsvollen Lächeln, »es wäre toll, ein paar professionelle Fotos für die Ankündigung des neuen Stipendienprogramms der Stiftung im nächsten Monat zu haben. Wir dachten, dass du zusätzlich zu den Bildern, die du morgen bei dem Picknick der Stiftung machst, heute auch ein paar Fotos von uns schießen könntest?«

»Klar. Aber die sollten wir an der Rennstrecke machen, oder? Mit euch beiden in voller Rennfahrermontur?«, fragte Bree.

Kat stellte sich Eric in solchen Anzügen vor, die sie an Rennfahrern schon gesehen hatte. Sie liebte Männer in Uniform. Innerlich zuckte sie zusammen, denn ihr wurde bewusst, wie oberflächlich das war und dass es ein wenig zu sehr an ihre Vergangenheit erinnerte. Erneut erinnerte sie sich daran, dass sie sich um ihre Zukunft kümmern und nicht auf eine Wochenendaffäre einlassen sollte.

»Das wäre wahrscheinlich das Beste«, sagte Eric. »Kat, ich hoffe, du bist morgen bei dem Picknick mit von der Partie.«

Kats Magen schlug Purzelbäume bei der Aussicht darauf, mehr Zeit mit Eric zu verbringen. So viel zu ihrem Vorsatz, auf Abstand zu bleiben. Sie würde überall hingehen, wenn er darum bat. Sofort.

»Du meine Güte«, sagte Bree. »Das habe ich ganz vergessen, dir zu sagen. Tut mir echt leid, Kat.«

»Ich komme gern mit. Es ist sicher eine tolle Erfahrung, dein PR-Team bei der Arbeit zu sehen. Danke für die Einladung. Dann werde ich mich mal schnell für die Fotos umziehen und schminken.« Kat stand auf und Eric erhob sich neben ihr.

Er lächelte, als er den Stuhl für sie zurückzog. »Kat, ist es für dich in Ordnung, wenn wir mitkommen? Ich will deine Fotosession nicht vereinnahmen oder dafür verantwortlich sein, dass du irgendwie nervös bist, wenn ich dabei bin.«

Er hatte ja keine Ahnung, dass er sie allein durch die Tatsache, dass er atmete, schon auf wunderbare Weise nervös machte. Sie wusste, dass es sie ablenken würde, wenn er bei der Fotosession dabei war, aber jetzt und hier war sie die anpackende Kat. Sie stellte sich ihren Ängsten und würde vor dieser nicht davonrennen – der Angst, sich in einen Frauenhelden zu verlieben, der allein mit einem Blick ihren ganzen Körper in Schwingungen versetzen konnte.

»Danke, dass du fragst, aber für mich ist es in Ordnung. Das wird witzig.«

Das verwegene Funkeln in seinen Augen blieb ihr erhalten, noch lange nachdem sie ins Haus gegangen war, und sie wusste, dass sie sich zu sehr zu ihm hingezogen fühlte, als dass sie es ignorieren konnte.

Sechs

Das Stadtzentrum von Weston war im Stil einer alten Westernstadt gebaut worden, einschließlich altmodischer Schaufenster und Stangen, an denen Pferde angebunden werden konnten. Auch wenn Kat das Gefühl hatte, dass diese nur zur Zierde aufgestellt worden waren. Sie konnte sich nicht vorstellen, dass jemand mit dem Pferd in die Innenstadt kam. Es war so spät am Nachmittag, dass die Straßen nicht mehr voll waren, aber doch noch so früh, dass Brianna und Hugh die Aufmerksamkeit von Passanten erregten, als sie die Fotoausrüstung auspackten. Bree lächelte und beantwortete ungezwungen Fragen, als hätte sie ihr ganzes Leben nichts anderes getan. Kat wusste es besser. Als professionelle Fotografin zu arbeiten, war ein Leben lang Briannas Traum gewesen. Auch wenn sie in Richmond bereits mit einem bekannten Fotografen zusammengearbeitet hatte und über alle Maßen talentiert war, hatte sie es sich erst nach dem Beginn ihrer Beziehung mit Hugh zugestanden, sich voll und ganz der Tätigkeit zu widmen, die sie am meisten liebte und die mehr als nur ein Hobby sein sollte.

Kat versuchte, ihre Nervosität zu bekämpfen, indem sie sich noch ein letztes Mal in dem Ganzkörperspiegel betrachtete, den Brianna mitgenommen hatte. Sie hatte keine Ahnung gehabt, dass eine Fotosession mit so einem Aufwand verbunden war. Sie hatten mit zwei Autos fahren müssen, um das ganze Equipment mitnehmen zu können. Kat war davon ausgegangen, dass sie sich ein paar Fotospots im Stadtzentrum suchen und dann vielleicht noch einige spontane Aufnahmen mit den Bergen im Hintergrund machen würden. Sie hatte gedacht, die gesamte Fotosession würde vielleicht eine Stunde dauern, aber Hugh und Brianna stellten große weiße Schirme auf und schlossen Lampen und Ventilatoren an die Generatoren an. Es wirkte wie ein Filmset und Kats Nerven spielten verrückt.

Je länger sie ihr marineblaues Kleid mit den Flügelärmeln betrachtete, umso mehr machte sie sich Sorgen, dass der Ausschnitt zu tief oder das Kleid zu eng sein könnte. Im Spiegel entdeckte sie Brianna und Hugh und überlegte, Brianna zu fragen, ob sie sich vielleicht umziehen sollte, da sie ja mehrere Outfits für die Fotosession mitgenommen hatten. Hugh berührte Brianna jedes Mal, wenn er an ihr vorbeiging. Er lehnte sich zu ihr hinüber und flüsterte etwas, sodass Brianna errötete und sich zu ihm herumdrehte. Als Hugh den Arm um Brianna legte und seine Lippen auf ihre senkte, wandte Kat den Blick von dem Spiegelbild ab und traf auf Erics.

Er trug verwaschene Jeans und ein schwarzes T-Shirt. Sie wusste jetzt, dass diese sexy zerzausten Haare zu seinem natürlichen Look gehörten, und wie immer, wenn sie ihn sah, schlug ihr Magen unkontrollierte Purzelbäume. Er stand keinen Meter weit entfernt hinter ihr, und musterte sie mit einem ernsten Blick, der ihre Sorgen wegen ihres Outfits wieder aufkommen ließ.

Sie schaute über die Schulter und versuchte zu erkennen, ob sie sich auf der Rückseite des Kleides dreckig gemacht hatte. »Habe ich da etwas oder sieht dieses Kleid einfach nur schlimm aus?«

»Du könntest Lumpen tragen und wärst immer noch die schönste Frau weit und breit.« Sein Lächeln war herzlich und aufrichtig. Der Gentleman in ihm kam wieder zum Vorschein.

»Danke.« Erleichtert nahm sie die Herzlichkeit und das Kompliment an. »Du sahst aus, als wärst du in Gedanken versunken.«

»Wirklich? Ich dachte nur gerade an den Stipendienfonds der Stiftung. Ich freue mich darauf, das auf den Weg zu bringen.« Sein Blick wurde wieder ernst.

Dies war eine Seite von ihm, die sie noch nicht kannte. »Du hast diese Stiftung und das Stipendium schon mal erwähnt. Was für eine Stiftung ist es denn?«

»Sie heißt Foundation for Whole Families. Mit der Organisation helfen wir Kindern von drogenabhängigen Eltern, und wir bringen Familien wieder zusammen, die durch die Drogen zerstört worden sind.« Er zog die Stirn in Falten. »Es gibt so viele Kinder, die Hilfe brauchen. Viele schaffen es kaum über den Tag, sie brauchen Essen und ganz allgemein Zuwendung. Diese Kinder müssen wissen, dass sie jemandem wichtig sind.«

Die Leidenschaft in seiner Stimme und sein intensiver Blick ließen ihn in Kats Augen in ganz anderem Licht erscheinen. Dies war ganz und gar nicht der Playboy, der nur auf Sex aus war und den sie in der Bar kennengelernt hatte. Dies war ein Mann, dem das Leid derjenigen, denen er half, eindeutig naheging, und das berührte sie zutiefst.

»Unsere Bemühungen konzentrieren sich natürlich auf die Sicherheit und die Zukunft der Kinder, aber das Ziel ist nicht nur, sie aus ihrer unsicheren Umgebung herauszuholen. Wir sorgen dafür, dass die ganze Familie beraten wird, dass – wenn nötig – Therapien angeboten werden, und wir stellen sicher, dass die Kinder in ein geschütztes Umfeld kommen, während die Eltern in Therapie oder manchmal auch im Gefängnis sind. Aber das ist nur der Anfang. Diese Kinder müssen die Chance auf eine Zukunft haben, nicht nur das Werkzeug, um dorthin zu kommen, und da kommt das Stipendium ins Spiel.«

»Ihr gebt ihnen die Hoffnung auf ein besseres Leben. Und du sprichst von *wir*. Bist du im Vorstand dieser Organisation?«

Ein bescheidenes Lächeln ließ seine Augen leuchten. »Ich bin sogar der Gründer. Das Picknick morgen findet zugunsten der Stiftung statt. Ich bringe viel Zeit für die Stiftung auf, und für die Kinder.«

Sie fragte sich, wie viele derart überraschende Schichten wohl noch hinter seiner Fassade verborgen waren. Diese Seite an ihm war so unerwartet. Sie wollte mehr wissen, nicht nur über die Stiftung, sondern auch über Eric und das, was ihn antrieb.

»Ich hatte keine Ahnung, dass es bei der Sache morgen um deine Organisation geht.«

»Beim Picknick können wir nicht nur Spenden sammeln, sondern auch Familien treffen, denen wir geholfen haben, und unseren Geldgebern danken. Es ist einer meiner Lieblingsevents.« Er fuhr sich durch das Haar und ein zufriedener Ausdruck lag auf seinem Gesicht. »Es gibt nichts Besseres als das Wissen, dass ein Kind – eine Familie – die Chance hat, ein in jeglicher Hinsicht gesundes Leben zu führen und eine Zukunft zu haben.«

Herrje, sie hatte ihn vollkommen falsch eingeschätzt. Ihr Magen zog sich zusammen bei dem Gedanken, dass sie ihm unterstellt hatte, immer nur auf schnelle Abenteuer aus zu sein. Sie sah, dass Hugh und Bree mit den Vorbereitungen fertig waren, und sie wollte sie nicht warten lassen, aber sie fühlte sich schlecht, weil sie Eric so ungerecht beurteilt hatte, und die

Entschuldigung bei einem Mann, der so viel für andere tat, konnte nicht warten. Keine einzige Sekunde.

»Eric, ich muss mich bei dir entschuldigen. Ich war ziemlich abweisend, und das tut mir leid. Ich habe dich falsch eingeschätzt, und ich hatte von vornherein nicht das Recht, dich zu verurteilen. Ich hoffe, du kannst mir vergeben.«

Er trat näher an sie heran und der Boden unter ihren Füßen schien sich zu bewegen. Der Strudel namens Eric James zog sie mit sich. Ihr Herz schlug schneller, ihr Atem wurde flacher, und die vertrauten Funken, die sie mittlerweile in seiner Gegenwart schon erwartete, sprühten in alle Richtungen. Wie er so nahtlos von einem Extrem ins andere fiel, faszinierte sie nur noch mehr.

»Darling.« Sein Blick glitt langsam über ihr Gesicht und zurück zu ihren Augen, begleitet von all dieser Hitze, die bei dem Gespräch über die Arbeit nicht da gewesen war, und die nun einherging mit unerwarteter Zärtlichkeit. »Entschuldige dich nicht dafür, dass du vorsichtig bist. Du stehst vor einer großen Veränderung in deinem Leben, für die eine Menge Mut und große Entschlossenheit nötig ist. Das Letzte, was du gebrauchen kannst, ist der falsche Mann in deinem Leben.«

Sie schluckte die Angst vor der Antwort herunter und fragte: »Bist du der falsche Mann, Eric?«

»Das kannst nur du entscheiden. Ich habe dir gesagt, wo ich stehe. Hast du darüber nachgedacht, was du willst, Kat?«

Seine Worte vom Morgen schwirrten ihr im Kopf herum. *Ich bin von dir vollkommen fasziniert. Ich will dich erforschen und Zeit mit dir genießen, Kat. Gegenwartsform.* Sie war von ihm vollkommen gefesselt, von seiner aufdringlichen Sinnlichkeit, seiner Intelligenz und seiner Leidenschaft für die Hilfe für andere. Aber Kat war nicht naiv und er hatte seine Absichten deutlich formuliert. *Gegenwart.* Nicht Zukunft. Sie erwartete von ihm nicht, dass er über den heutigen Tag hinausdachte, nachdem er sie gerade erst kennengelernt hatte, aber zu ihrem eigenen Wohl musste sie zur Kenntnis nehmen, worum es hier ging. *Um eine Wochenendaffäre.*

Innerhalb von Sekunden kam sie zu dem Schluss, dass sie wahrscheinlich zu viel in die Situation hineininterpretierte. Sie waren zu Besuch bei Freunden, übernachteten im Haus von Hughs Vater, also würde es ohnehin nicht viele Gelegenheiten geben, allein zu sein. Sie würden ja nicht gleich wilden Sex auf Hals Küchentisch haben – auch wenn ihren hart werdenden Nippeln die Vorstellung zu gefallen schien. Das Maximum, was sie und Eric zustande bringen würden, wären ein paar verstohlene Küsse, und das unterschwellige Vibrieren in ihrem ganzen Körper verriet ihr, dass ein paar Küsse nie genug sein würden.

Er berührte sie am Arm und riss sie aus ihren Gedanken.

»Ich denke, ich würde dich gern besser kennenlernen«, sagte sie.

Ein Lächeln trat in sein Gesicht, ließ seine Augen leuchten und dann frech funkeln.

Schnell fügte sie hinzu: »Aber ich respektiere Hal und unsere Freunde, und ich würde unsere Freundschaft nie wegen eines Schäferstündchens gefährden, das sollten wir also einfach im Hinterkopf behalten.«

Er kam ihr ganz nah. »Ich kann dir versprechen, dass ich versuchen werde, diskret zu sein. Aber ganz ehrlich, Kat, ich habe mich noch nie so zu einer Frau hingezogen gefühlt wie zu dir, und es könnte Gelegenheiten geben, bei denen diese Anziehung auch meine größten Bemühungen, sie zu verbergen, übertrifft.«

Kats süßer und sinnlicher Blick ließ Erics Magen Freuden-sprünge veranstalten, aber die Art, mit der sie dann das Kinn hob, als Brianna sie rief, jagte ihm die Erkenntnis wie einen Schock durch den ganzen Körper. Es war die gleiche Woge der Vertrautheit, die ihn erfasst hatte, als er sie das erste Mal gesehen hatte. Nur dass diese vage Vertrautheit sich nun mit dem vermischte, was er bei der intimen Begegnung mit ihr hatte erleben dürfen – ihren vor Verlangen pulsierenden und vor Lust feuchten Körper, ihre Nägel, die sich in seine Haut gruben, ihre starken inneren Muskeln auf dem Höhepunkt ihrer Ekstase, und ihre Stimme, als sie lustvoll aufschrie. *Erregt* beschrieb nicht einmal im Ansatz die Gefühle, die in ihm entstanden. Es war nicht nur das Verlangen, sie nackt unter sich zu spüren, mit seinen Händen und seinem Mund jeden Zentimeter von ihr zu erkunden. Er wollte mehr über die Frau wissen, die stark genug war, um alles hinter sich zu lassen, was sie in den letzten zehn Jahren gekannt hatte, um neu anzufangen. Die Frau, die sagte, dass sie sich ihren Ängsten stellte, und die ihn nicht wegen seiner Berühmtheit anschmachtete.

Er beobachtete, wie sie zu Brianna ging und ihr Blick alle paar Sekunden wieder zu ihm huschte. Die späte Nachmittags-sonne spiegelte sich in ihren blauen Augen, während sie sich von Brianna in Position bringen ließ, ihre Haltung korrigierte und für die Kamera posierte. Ein rosiger Hauch legte sich auf ihre Wangen, während Brianna Anweisungen rief, als wäre Kat ein Model. Das hätte sie auch gut sein können, mit diesen seidig glänzenden blonden Haaren und einem Körper, der den ganzen Verkehr zum Erliegen hätte bringen können – und es auch tat.

Entschlossenheit war nun in Kats Augen zu sehen, als hätte sie entschieden, dass dies nur eine weitere Angst wäre, die sie überwinden musste, und er fragte sich, ob auch er für eine ihrer Ängste stand.

Hugh stellte sich neben ihn und beobachtete Bree mit der gleichen Intensität, mit der Eric Kat beobachtete.

»Alles in Ordnung? Es macht dir doch nichts aus, zu warten, während sie die Fotos macht?«, fragte Hugh.

Eric war immer noch in Gedanken. Er wusste nicht, ob es daran lag, dass er bei Hugh und Brianna war, die in einer hingebungsvollen Beziehung lebten, oder ob es an Kat selbst lag, aber er schwor sich in diesem Moment, dass er es nicht zulassen würde, als *so ein Kerl* abgestempelt zu werden.

»Natürlich nicht. Was gibt es Schöneres, als einer schönen Frau dabei zuzusehen, wie sie für die Kamera posiert?«

»Einer schönen Frau dabei zuzusehen, wie sie sie fotografiert«, sagte Hugh mit Blick auf Brianna.

Beide lachten.

»Du hast wirklich großes Glück, aber damit erzähle ich dir ja nichts Neues. Wie kommt Brianna mit Christian und dem Rennplan zurecht?« Der Terminplan der Rennfahrer war für einen alleinstehenden Mann schon aufreibend, und Eric hatte sich immer gefragt, wie die Frauen der Rennfahrer es schafften, sich um die Kinder zu kümmern, wenn die Männer unterwegs waren. Layla war schon sechs gewesen, als sie und Bree angefangen hatten, Hugh auf seinen Reisen zu begleiten, aber ein Baby erforderte noch mehr Vorbereitungen, ganz zu schweigen davon, dass es sicher nicht leicht war, ein Baby in unvertrauter Umgebung zum Schlafen zu bringen.

»Du kennst doch Brianna. Sie liebt unsere Kinder und sie liebt mich. Selbst wenn es zu schwierig wäre, würde sie es niemals zugeben. Aber ich bin bereit, es ruhiger angehen zu lassen. In der nächsten Saison werde ich meinen Terminplan noch weiter ausdünnen. Ich will, dass Layla mehr Beständigkeit hat, und ich will nicht ohne meine Familie durchs Land ziehen.« Nach der Hochzeit hatte Hugh seinen Rennplan schon stark gekürzt, und er hatte kein Geheimnis daraus gemacht, dass er mehr für seine Familie wollte als ein Leben aus dem Koffer.

»Das ist ein riesiger Schritt, aber er kommt nicht unerwartet.«

»Es wird Zeit«, sagte Hugh genau in dem Moment, als Brianna Kat an der Hand nahm, sie ein Stück den Gehweg entlangzog und so den Bann zwischen ihnen brach. »Du weißt, wie stressig die Rennsaison ist. Dies ist das erste Wochenende seit Monaten, das wir frei haben, und wir mussten es so organisieren, dass wir unsere Freunde und Familie an diesem einen Wochenende sehen können – ausgerechnet bei meinem Vater.« Hugh klopfte Eric auf die Schulter. »Ich habe genug Rennen in meinem Leben gewonnen, aber ich werde nie genug Zeit mit meiner Familie verbringen können.«

Eric konnte sich vorstellen, dass er sich mit einem Vater wie Hal und fünf Geschwistern, die sich umeinander kümmerten, auch danach sehnen würde, sesshafter zu werden. Er sah, dass Kat aus einem Bürogebäude herauskam, wo sie sich anscheinend umgezogen hatte. In den Jeans und mit der tiefausgeschnittenen weißen Bluse sah sie heiß aus – die perfekte Mischung aus sexy und professionell. Brianna fummelte in Kats Haaren herum und beide lachten. Kats Blick huschte zu Eric, und in ihr Gesicht trat ein süßes Lächeln, das all seine Gedanken auslöschte. Bis auf einen: Er wollte nicht, dass dieses Wochenende je zu Ende ging.

Sieben

»Sollen wir einfach so tun, als wären die erotischen Vibes zwischen dir und Eric gar nicht vorhanden?«, fragte Bree, als sie im Auto an der Rennstrecke ankamen.

»Würdest du es mir glauben?« Kat hatte Bree bereits die Wahrheit über ihre Sexkapade am Flughafen erzählt, und sie wusste, dass es keine Rolle spielte, was sie sagte – ihre beste Freundin würde die Wahrheit ohnehin sehen. Und genau diese Wahrheit bereitete ihr Sorgen. Sie konnte nicht aufhören, sich alle möglichen Fragen zu stellen und ständig an ihn zu denken, nicht nur an den unglaublichen Sex.

»Wahrscheinlich nicht.« Bree stellte den Motor ab und sah Kat ernst an. »Er ist ein anständiger Kerl, Kat. Er geht so toll mit unseren Kindern um, und er hat Großartiges mit seiner Stiftung erreicht.«

»Ja, den Eindruck habe ich auch.«

»Aber … er ist nicht unbedingt der ideale Partner, und bei all den Veränderungen, die du gerade in deinem Leben vornimmst, solltest du das wissen.«

»Ach was, Bree? Ein Typ, der mich in einer Flughafentoilette flachgelegt hat, ist kein idealer Partner?« Kat lachte. »Ich bin mir auch nicht sicher, ob ich die richtige Partnerin bin, trotz der

Veränderungen, die ich vorgenommen habe.«

Brianna machte die Tür auf. »Warum sagst du so etwas?«

»Darum. Ja, ich war im letzten Jahr zurückhaltender, was die Typen anging, mit denen ich ausgegangen bin, und ich habe mein Leben auf den Kopf gestellt, um meinen Traum zu verwirklichen, aber …« Sie presste die Lippen aufeinander und ermahnte sich, ehrlich gegenüber ihrer Freundin – und sich selbst – zu sein. »Glaubst du nicht, dass es einen Grund dafür gibt, dass ich Sex mit ihm auf dem Flughafen hatte?«

»Doch, klar. Du veränderst so viel in deinem Leben und musstest Stress abbauen. Und er ist heiß und sexy. Also, abgesehen von Hugh ist er das beste Beispiel für einen *Mädchenschwarm*, das ich je gesehen habe. Und falls du Hugh verraten solltest, dass ich das gesagt habe, werde ich es strikt leugnen.«

Sie lachten beide, auch wenn Kat bei dem Gedanken an das Geständnis, das sie einfach loswerden musste, nicht danach zumute war. Kat umklammerte den Türgriff.

»Bree, ich habe mich in letzter Zeit einsam gefühlt. Sogar gelangweilt.«

»Aber bei dir passiert gerade so viel Aufregendes. Wie kannst du dich da langweilen?«

Kat sah ihre beste Freundin ernst an und wartete darauf, dass sie begriff. Bree hatte ihre Sexualität nach der Geburt von Layla nicht genossen, bis sie Hugh kennengelernt hatte. Sie hatte nicht die Freiheiten gehabt, nicht ihre Leidenschaften ausgelebt wie Kat. Dann, endlich, riss Bree die Augen auf und verstand.

»Ach so … du meinst …« Sie errötete, was Kat zum Lachen brachte. Bree genoss – das wusste Kat – ein großartiges Sexleben mit Hugh, und doch war ihre Freundin noch immer das süße schüchterne Mädchen, das sie schon immer gekannt hatte.

»Genau.« Sie seufzte.

»Aber, Kat, was bedeutet das dann? Dass du nie eine monogame Beziehung führen kannst, weil du es gern mit Fremden treibst?« Die Betroffenheit in Brees Augen und ihr sorgenvoller Tonfall ließen Kat zusammenzucken.

»Keine Ahnung«, gab sie zu. »Ich glaube nicht, dass ich Sex mit Fremden an sich mag. Es ist nur …« Sie überlegte, wie sie erklären sollte, was sie am Flughafen gefühlt hatte – und was sie nun jedes Mal fühlte, wenn sie auf Eric traf. »Als ich Eric das erste Mal in der Bar gesehen habe, sah ich sofort, dass er ein Playboy war. Du weißt, dass ich die aus kilometerweiter Entfernung erkenne, und ich war entschlossen, ihn abblitzen zu lassen. Aber als er dann etwas sagte, zerfloss ich innerlich. Im Ernst, der Mann versprüht mit jedem Wort Benzin, und sein Lächeln ist das Feuer, das die Flammen entzündet. Bree, ich weiß, ich sollte das nicht zugeben, aber ich wollte ihn mehr, als ich je einen Mann in meinem Leben gewollt habe.«

»Aber ist das nur bei ihm so? Also … passiert dir das auch bei anderen? Du hast gesagt, du hattest seit Langem nichts mehr mit einem Typen. Du hast gedatet, aber ich glaube, das ist es nicht, worüber du in Bezug auf Eric gerade sprichst.«

Sie stiegen aus dem Auto aus, und Kat entdeckte Eric und Hugh, die gerade in ihren Rennanzügen und mit den Helmen unter dem Arm aus dem Clubhaus kamen. Die beiden sahen sich an und unterhielten sich lächelnd. Kats Puls schnellte in die Höhe, und als Eric sie mit seinen bernsteinfarbenen Augen ansah, stockte ihr der Atem. Sie hielt sich an Brees Arm fest, da ihr das Verlangen wieder einmal weiche Knie bescherte.

»Es ist nur bei ihm so«, stieß sie hervor. »Eindeutig nur bei ihm.« Falls Bree etwas erwiderte, so bekam sie es nicht mit, denn von der anderen Seite des Parkplatzes stürmten drei

Frauen herbei, bekleidet mit spärlichen Röcken und kaum vorhandenen Tops, um mit ihren Haaren herumzuwedeln und Hugh und Eric auf eine Art anzufassen, die Kats Blut augenblicklich zum Kochen brachte. Für gewöhnlich war sie kein eifersüchtiger Mensch, aber weder die Klauen der Eifersucht, die sie nun ausfuhr, noch die wütende Entschlossenheit, mit der sie voranpreschte, war zu leugnen, als sie zu der Gruppe hinübereilte, um die Weiber in Stücke zu reißen.

»Kat!« Bree hielt sie am Arm zurück. »Das sind Groupies. Das gehört einfach dazu.«

»Stört dich das nicht?«, fuhr Kat sie an. Sie atmete heftig und versuchte, sich aus Brees Griff zu befreien.

»Am Anfang hat es mich schon gestört, aber Hugh weiß, wie er damit umgeht.«

Kat riss sich los, als Erics Blick wieder auf ihren traf. Nur wenige Meter entfernt blieb sie abrupt stehen, während er Autogramme gab und sie dabei die ganze Zeit beobachte. Was tat sie denn da? Er war nicht ihr Freund. Mein Gott, sie datete ihn ja nicht einmal! Es stand ihr überhaupt nicht zu, eifersüchtig zu sein, aber das hielt ihre Wut trotzdem nicht davon ab, sich in ihr zusammenzubrauen. Sie machte auf dem Absatz kehrt und marschierte mit Bree im Gefolge zurück zum Auto. Kat stützte sich auf der Motorhaube ab und ließ den Kopf sinken.

»Himmel noch mal. Was ist bloß los mit mir?«

Bree lehnte sich neben ihr mit dem Rücken gegen das Auto und lächelte, als hätte sie gerade alle Geheimnisse ans Tageslicht befördert. »Ich habe das Gefühl, Monogamie ist doch das Richtige für dich.«

»Großartig, Bree. Genau das, was ich brauche. Eine einseitige Monogamie.«

»Anscheinend seid ihr mal wieder ziemlich angesagt«, scherzte Bree, als die Männer zu ihnen kamen.

Kat spürte Erics Nähe, noch bevor sie sich umdrehte und den intensiven Ausdruck in seinen Augen sah. Hugh und Bree nahmen die Ausrüstung vom Rücksitz, während Kat versuchte, sich daran zu erinnern, sich wie ein normaler Mensch und nicht wie eine eifersüchtige Furie zu benehmen.

»Der Blick vorhin hat mich richtig angetörnt«, sagte er so leise, dass nur sie es hören konnte.

»Das war der Blick des Irrsinns.« *Ebenso wie der Sturm, der gerade in mir tobt.*

Er sah sie eindringlich an, während er sich den Nacken rieb und näher an sie herantrat. »Wenn ich es nicht besser wüsste, würde ich denke, es war Eifersucht.«

Kat ging um das Auto herum, um mit dem Equipment zu helfen. »Bilde dir bloß nichts ein.« Sie hievte sich eine Tasche auf die Schulter, doch Eric hielt sie mit einem eindringlichen Blick fest.

»Ich dachte, du wolltest mich besser kennenlernen. Sollte ich mir auf deinen *Blick des Irrsinns* nichts einbilden?«

Sie schlug die Autotür zu und dann gingen sie über den Parkplatz hin zur Rennstrecke. Die jungen Frauen, die Eric und Hugh bestürmt hatten, standen nun bei einer Gruppe von Leuten beim Clubhaus. Kat versuchte, die irrsinnigen Gedanken zu ignorieren, die an ihren Nerven zerrten.

»Bekommt dein Ego nicht genug Auftrieb, wenn du von fremden Frauen angehimmelt wirst?« Sie wusste, dass sie sich zickig benahm, aber sie konnte nichts dagegen tun, dass sie ihm ihre ablehnende Haltung wie eine Signalflagge unter die Nase hielt. Er blieb stehen und packte sie – fest – am Arm. Der sündhafte Ausdruck in seinen Augen verriet ihr, dass er ihr

Verhalten absolut nicht als Signalflagge sah.

»Ich habe schon gesagt, dass ich Zeit mit *dir* genießen will, Kat. Mit dir, nicht mit irgendwelchen Frauen, die ein Autogramm wollen.« Der Anflug von Zorn in seiner Stimme ließ sie einen Schritt zurückweichen, während er einen Schritt auf sie zumachte. »Ich stehe in der Öffentlichkeit. Ich werde ständig angemacht.«

»Schön für dich.« Sie ging zur Rennstrecke, wo Hugh und Bree das Equipment vorbereiteten, als er sie wieder am Arm festhielt – dieses Mal jedoch sanfter – und neben ihr herging.

»Ja, schön für mich.« Die Worte klangen kalt, aber seine Augen waren voller Wärme. »Ich kann so viel bekommen, wie ich will, wann ich will. Ich kann mir auch Krankheiten und schlechte Presse einhandeln, stimmt's? Richtig toll. Ganz zu schweigen von der Scham, die auf ein tolles Abenteuer folgt.« Sein Tonfall wurde nachdenklich, und Kat hätte schwören können, dass sie einen schmerzerfüllten Schatten über sein Gesicht huschen sah. »Wir kennen doch beide diese Scham, oder?«

Sie kannte diese Scham, und sie verabscheute sie fast ebenso, wie sie sich dafür verabscheute, dass sie dafür gesorgt hatte, dass er sich schlecht fühlte, nur weil er berühmt war. »Ja«, sagte sie leise.

»Zum ersten Mal in meinem Leben habe ich diese Scham nicht empfunden, nachdem ich mit dir zusammen war, Kat. Keine einzige Sekunde.« Er zögerte, und sie fragte sich, ob er seine Worte wirken lassen wollte, oder ob er seine Gedanken sortierte, während er sie prüfend ansah. »Ich weiß, dass wir uns gerade erst kennengelernt haben, aber ich spüre etwas Stärkeres zwischen uns, als ich es je gespürt habe. Ich möchte die Chance haben, das mit dir zu erforschen.«

Er schob die Hand in ihren Nacken, trat noch näher an sie heran, und ihre Lippen waren nur noch einen Hauch voneinander entfernt. Es schien ihm egal zu sein, wer sie sah, und ihr war es auch egal, denn Eric so nah zu sein, von seiner Hitze umschlungen zu werden, das Verlangen in seinen Augen zu sehen … all das riss sie mit. So sehr wollte sie die Lippen auf seine legen, ihm sagen, dass es ihr leidtat.

Sie wollte sich gerade entschuldigen, da sprach er schon weiter: »Ich werde dich nie anlügen und vorgeben, es habe keine Zeit gegeben, in der diese Art von Frauen mir den Kopf verdreht haben. Aber hier und jetzt gibt es nur dich und mich. Und bis wir uns anders entscheiden – bis wir gemeinsam diese Entscheidung treffen –, musst du dir keine Sorgen darum machen, was ich mit anderen Frauen anstelle.«

Er schaute sie lange an, lang genug, um seine Worte bis in ihr Herz vordringen zu lassen und sie mit Hoffnung zu erfüllen.

In dem Moment, in dem Eric die Eifersucht in Kats Augen gesehen hatte, war ihm klar gewesen, dass sie dieses schreckliche Gefühl nie wieder erleben sollte. Und er würde alles in seiner Macht Stehende tun, dass sie nie wieder einen Grund dafür hätte, so zu empfinden. Nachdem er den Frauen die Autogramme gegeben hatte, hatte er Hugh gefragt, ob er etwas dagegen hatte, wenn er mit Kat ausgehen würde, und zum Glück – Gott sei Dank – hatte er nichts dagegen einzuwenden.

Eric vergeudete keine Sekunde, als er Kat in die Augen schaute. »Geh heute Abend mit mir aus. Nur wir beide.«

Ihr Blick wanderte zu ihren Freunden. »Aber wir sind bei

Bree und Hugh zu Besuch.«

»Ich habe Hugh gefragt, ob es ihm etwas ausmacht, und das ist nicht der Fall. Ich kann auch gern Bree fragen, wenn du möchtest. Und ich weiß, dass ich dich bitte, Zeit mit deiner besten Freundin aufzugeben, aber wenn du mir den heutigen Abend schenkst, Kat, fliege ich dich zurück zu Bree, wann immer du willst. Einen Abend, mehr verlange ich nicht.« *Auch wenn ich so viel mehr möchte.*

Sie wollte etwas erwidern, doch er legte seine Lippen auf ihre. Er musste nicht hören, dass sie kein kurzes Abenteuer wollte, denn das wollte er auch nicht. Zögerlich küsste sie ihn zunächst, doch als er die Zunge über den Spalt zwischen ihren Lippen gleiten ließ, öffnete sie sich ihm und erwiderte seine Leidenschaft. Ihr Körper schmiegte sich weich an seinen, und als er den Kuss vertiefte, schlang sie die Arme um seinen Hals. Genau davon hatte er die ganze Nacht geträumt und danach hatte er sich den ganzen Tag gesehnt. Ihr Verlangen zu kosten, die vollkommene Entspannung, als sie sich ihren Küssen hingab, zu spüren, wie ihre Körper mehr wollten.

Kichernde Frauen rissen ihn aus diesem sinnlichen Moment und erinnerten ihn daran, dass sie auf dem Parkplatz standen, umgeben von Fremden, und dass Hugh und Bree auf sie warteten.

Nur zögerlich beendete er den Kuss, hielt sie aber noch so nah an sich gedrückt, dass er jeden Atemzug von ihr hörte. »Sag ja, Kat.«

Ihre Augen waren dunkel, die Haut gerötet und ihre Antwort war ein Flüstern. »Ja.«

»Ja«, wiederholte er, denn er hatte das Gefühl, er würde vor Dankbarkeit platzen, und musste es selbst noch einmal aussprechen, bevor er sie wieder in seine Arme zog und noch einmal küsste.

»Du hast es nicht so mit Diskretion, oder?«, fragte sie leise, als ihr Blick über den Parkplatz huschte und dann schließlich auf Bree und Hugh landete, die lächelten, sich etwas zuflüsterten und dabei ihrerseits gebannt zu Kat und Eric schauten.

»Ich bin unbedingt für Diskretion, aber mit dir möchte ich nicht diskret sein.« Er hielt ihr seine Hand hin, und als sie ihre Finger mit seinen verflocht, überkam ihn eine Woge der Erleichterung. Er hob ihre verschränkten Hände an und küsste ihren Handrücken.

»Aber haben wir nicht gerade erst darüber gesprochen? Nicht, dass ich mich beschwere, aber …« Ihr Lächeln verriet ihm, dass sie vollkommen seiner Meinung war.

»Ich dachte, dabei ging es um Sex in Hals Haus, was ich nie tun würde – es sei denn, du würdest offiziell und in aller Augen zu mir gehören.« Eric blieb abrupt stehen, als es ihm glasklar wurde. Genau das wollte er. Dass die freche Blondine, die keine Angst davor hatte, ihm die Meinung zu sagen oder ihren Gefühlen zu folgen, in den Augen der ganzen Welt zu ihm gehörte.

<h1 style="text-align:center">Acht</h1>

»Ich bin seit Jahren nicht mehr so nervös wegen eines Dates gewesen.« Kat legte ihre Bürste neben das Waschbecken und drehte sich zu Brianna um. »Macht es dir wirklich nichts aus, dass wir miteinander ausgehen? Ich habe ein schlechtes Gewissen, wenn ich mit Eric losziehe, obwohl ich doch eigentlich dich besuche.«

»Ach, komm! Glaubst du wirklich, ich würde mich beschweren, wenn ich mal einen Abend habe, an dem ich mit meinem unglaublich heißen Ehemann früh ins Bett gehen kann? Zieht los und amüsiert euch.« Brianna schüttelte Kats Haare am Hinterkopf auf und betrachtete sie im Spiegel. »Du siehst umwerfend aus. Diese Jeans sitzen perfekt, und du bist die Einzige, die so ein enges Oberteil mit so einem tiefen Ausschnitt tragen kann, ohne nuttig auszusehen.«

Kat stieß sie mit der Schulter an. »Halt den Mund!«

»Der Mann wird heute Abend gar nicht mehr aufhören können, dich zu küssen. Nach diesem Kuss an der Rennstrecke kann ich mir gar nicht vorstellen, wie du seitdem an irgendetwas anderes denken konntest.«

»Er ist ein unglaublicher Küsser, aber trotzdem habe ich ein schlechtes Gewissen, weil wir ausgehen. Es kann ja auch eigentlich gar nichts draus werden. Wahrscheinlich werde ich ihn nach diesem Wochenende nie wiedersehen, und ich verpasse die Zeit, die ich mit dir, Hugh und den Kindern verbringen könnte.«

»Glaub mir, du wirst morgen auf dem Picknick noch genug von uns sehen, und du wirst froh sein, dass du eine Atempause von den Kindern hattest. Und was ein Wiedersehen mit ihm angeht … Eric hat überall Häuser, auch in Richmond. Wenn ihr beiden euch sehen wollt, findet ihr einen Weg.« Brianna zog die Augenbrauen zusammen. »Ich habe dich noch nie so nervös gesehen. Was ist wirklich los?«

Sie gingen ins Schlafzimmer und Kat schlüpfte in ihre Stiefel. »Er hat gesagt, ich soll keine hohen Absätze tragen. Was glaubst du, was das zu bedeuten hat?«

»Das bedeutet, dass ihr nicht Flamenco tanzen werdet *und* dass du meiner Frage aus dem Weg gehst.«

»Schon gut, aber du wirst mich für verrückt halten, denn wir wissen beide, dass er beziehungstechnisch ziemlich beschäftigt war und das alles hier nichts werden kann. Aber … ich fühle mich wirklich zu ihm hingezogen, und nicht nur in sexueller Hinsicht. Manchmal, wenn er mich ansieht, habe ich das Gefühl, er schaut in mich hinein, als könnte er all die Dinge sehen, die ich zu verbergen versuche. Es kommt mir so vor, als würde so viel von diesem Date abhängen, dabei weiß ich, dass es der reinste Irrsinn ist.« Das Wort erinnerte sie an die Situation auf dem Parkplatz, als die Eifersucht sie gepackt hatte, und sie wusste, dass ihre Gefühle für Eric schon größer waren, als sie es sich eingestehen wollte.

Bree hakte sich bei Kat unter und dann gingen sie zur Treppe. »Nachdem ich sechs Jahre lang eine alleinerziehende Mutter war, innerlich auf zwölf weitere Jahre vorbereitet, und dann

Hugh kennengelernt habe, als ich es am wenigsten erwartete, ist für mich rein gar nichts mehr irrsinnig.«

»Du findest also nicht, dass ich auf meinem Weg hin zu einer Frau, die im Umgang mit Männern verantwortungsvoller ist, alles wieder kaputtmache?«

Sie blieben oben an der Treppe stehen und Bree lächelte Kat an. »Ich war von Anfang an nie der Meinung, dass du dich ändern musst. Das war alles nur in *deinem* Kopf. Ich fand, du warst perfekt und glücklich, so wie du warst.« Sie schaute die Treppe hinunter und Kat folgte ihrem Blick.

Unten stand Eric mit einem Strauß roter Rosen im Arm. Die dunkelblonden Haare waren noch feucht, er trug dunkle tief sitzende Jeans mit Cowboystiefeln und sah einfach heiß aus. Sein schwarzes Button-down-Hemd war am Kragen geöffnet und zeigte die Brusthaare, die Kats Herz schon am Flughafen zum Rasen gebracht hatten. Er war frisch rasiert, was ihm einen ganz anderen Ausdruck verlieh als mit den Bartstoppeln. Mit einem verwegenen und ernsten Ausdruck nahm er langsam jeden Zentimeter ihres Körpers in Augenschein. Als sie unten an der Treppe ankam, fühlte sie sich unter seinem heißen Blick fast schon nackt. Sein würziger, erdiger Duft nahm sie gefangen, als er sie auf die Wange küsste.

»Du siehst wunderschön aus, Darling.«

Sie würde es nie satt werden, zu hören, wie er sie Darling nannte.

Er überreichte ihr die Blumen. »Die sind für dich.«

»Das wäre doch nicht nötig gewesen.« Sie fragte sich, wann er überhaupt Zeit gehabt hatte, sie zu kaufen.

»Ein kleines Vögelchen hat mir gezwitschert, dass du es gern romantisch hast.«

»Ich kann die für dich in die Vase stellen«, bot Brianna an.

Kat war so in seinen Bann gezogen gewesen, dass sie vergessen hatte, dass außer ihnen noch jemand da war. »Danke.« Sie gab Brianna die Blumen und dann sah sie Hugh auf der anderen Seite des Raumes. Er hatte Christian auf dem Arm und grinste übers ganze Gesicht. Layla und Hal waren auch da, und das Wohlwollen in Hals dunklen Augen war unübersehbar.

»Macht es euch wirklich nichts aus, wenn wir ausgehen?«, fragte Kat und war durch die tiefen Emotionen, die sie – und sicher auch alle anderen – in Erics Augen sah, ziemlich verlegen.

»Auf keinen Fall stellen wir uns zwei jungen Herzen in den Weg.« Hal ging zu Eric und legte ihm eine Hand auf die Schulter, während Kats Verlegenheit nur noch größer wurde.

»Dad hat gesagt, dass Eric vielleicht dein schöner Prinz ist, so wie er Moms war«, sagte Layla, als sie Hughs Hand ergriff.

Kat genoss Erics bewundernden Blick und sein zärtliches, selbstbewusstes Lächeln. Obwohl sie wusste, dass sie sich wahrscheinlich schuldig fühlen sollte, weil sie ausging und ein Kind in seinem Glauben beließ, dass dieses Date tatsächlich zu etwas führen könnte, hoffte sie unweigerlich, dass Hugh vielleicht recht hatte.

Neun

Als Eric Kat dort oben an der Treppe erblickt hatte, so schön in Jeans und einem engen Oberteil, das all ihre köstlichen Kurven betonte, hätte er sie am liebsten sofort in den Arm genommen und nie wieder losgelassen. Den ganzen Tag hatte er an sie gedacht, und nach dem unglaublichen Kuss auf dem Parkplatz hatte er nur noch daran denken können, sie wieder und wieder zu küssen. Doch er hatte sich versprochen, es heute Abend langsam angehen zu lassen. Bei diesem Date ging es nicht darum, sie ins Bett zu bekommen. Es ging darum, sie kennenzulernen und sie wissen zu lassen, dass er mehr als nur ein kurzes Abenteuer wollte.

Er schloss die Tür hinter ihnen und nahm Kats Hand, als sie die Verandastufen hinuntergingen und er sie in Richtung Garten führte.

»Wohin gehen wir?«, fragte Kat, als sie über die Wiese hin zu der Scheune unterhalb des Hügels gingen.

Eric zog das Tor auf und der Duft von Leder, Heu und Pferden kam ihnen entgegen. Er atmete tief ein. »Riechst du das? Das ist der Duft von Stabilität, Familie und Kraft.«

»Wegen Hal?«, fragte sie, als sie die Scheune betraten.

»Wegen all der Bradens. Ihre Liebe kennt keine Grenzen,

und sie ist für mich immer eine Quelle der Kraft gewesen.« Er ging zu der Box einer alten rotbraunen Stute namens Hope. Sie stupste ihn mit der Schnauze gegen die Brust und er streichelte ihren Kopf.

»Wie geht's dir, Hope? Bereit für einen kleinen Ausritt mit uns?«

»Warte mal! Was?« Kat riss die Augen auf. »Ich kann nicht reiten.«

Er nahm ihre Hand. »Noch nicht, aber mit mir und Hope schaffst du das. Also zumindest, wenn du mir vertraust und ich dir helfen darf, deine Angst vor dem Reiten zu überwinden.«

»Ich weiß nicht …«, sagte sie und trat nervös zurück.

Er zog sie an sich und schaute ihr tief in die Augen. »Glaubst du, ich würde zulassen, dass dir etwas geschieht? Vertrau mir, Kat. Ich bleibe in deiner Nähe, halte dich. Ich werde dafür sorgen, dass du in Sicherheit bist.« Er drehte sich zu Hope um, die wieherte und mit ihrem großen Kopf nickte, als würde sie bestätigen, dass das eine gute Idee war. »Ich möchte dich an einen ganz besonderen Ort bringen, an den man nur mit dem Pferd kommt.«

»Aber …« Sie biss sich auf die Unterlippe und war dabei so verdammt süß, dass er die Hände an ihre Wangen legen und sie küssen musste.

»Vorschlag: Wenn wir auf das Pferd steigen und deine Angst zu groß ist, dann beenden wir diesen Teil unseres Dates und gehen in die Stadt.«

Sie hakte sich in dem Bund seiner Jeans ein. »Und du lässt mich auch wirklich nicht fallen?«

»Niemals.«

»Was ist, wenn Hope losrennt und du sie nicht aufhalten kannst?« Die Sorge in ihrem Blick war greifbar.

Er nahm sie in die Arme. »Das wird nicht passieren. Hope weiß, wie sie sich um ihre Reiter kümmern kann, und ich weiß, wie ich mich um dich kümmern kann. Vertraust du mir?«

Sie schluckte und nickte dann.

Er schob die Hand in ihren Nacken und schaute in ihre blauen Augen. Himmel, er liebte ihre Augen! Und ebenso liebte er es, wie ihr Nacken perfekt in seiner Hand lag.

»Noch nie habe ich jemanden wie dich kennengelernt, Kat. Du bist ebenso stark, wie du verletzlich bist. Ich möchte unanständige Dinge mit dir anstellen und dich gleichzeitig beschützen.«

»Dein Filter kommt dir wieder abhanden.« Ein zartes Rosa erschien auf ihren Wangen.

»Ja, das passiert mir in deiner Gegenwart gern.« Er führte Hope aus dem Stall.

»Wohin gehen wir überhaupt?« Sie streichelte Hopes Flanke, und er sah, dass ihre Finger zitterten.

»Ich helfe dir beim Aufsteigen, und dann erzähle ich es dir.« Er hob sie auf das Pferd und sie klammerte sich verzweifelt an Hopes Hals. Ein leises Lachen entwich Eric, was mit einem finsteren Blick von Kat quittiert wurde. »Ich lache dich nicht aus. Das war nur ein lautes Lächeln, weil du so süß bist.«

Er schnappte sich einen Lederrucksack, den er vorher gepackt hatte, und setzte sich dann hinter Kat aufs Pferd. »Normalerweise würdest du hinter mir sitzen, aber ich möchte nicht, dass du dich unsicher fühlst, und außerdem kann ich so die Arme um dich legen.« Er legte einen Arm um ihre Taille und zog sie eng an sich, um ihr dann einen Kuss auf die Wange zu geben. »Und du kannst lernen, wie man die Zügel hält. In Ordnung?«

»Ja, glaube schon.«

»Du klingst etwas nervös.«

»Mhm. Jetzt mach, bevor ich meine Meinung ändere.«

Er lachte und zeigte ihr, wie man die Zügel hielt. »Also gut. Leg deine Hände leicht auf meine, damit du fühlst, wie ich es mache. Du hast Glück. Hope kennt den ganzen Berg quasi auswendig, sie ist also die perfekte Gastgeberin für deine erste Reitstunde.«

Kat lehnte den Kopf zurück an seine Brust und glitt mit den Händen über seine Unterarme. »Du bist der perfekte Gastgeber für meine erste Reitstunde.«

Eric ging das Herz in der Brust auf. Er küsste sie auf die Wange und genoss es, dass sich der Moment so richtig anfühlte. Wie richtig Kat sich anfühlte, so an ihn geschmiegt, mit dem Vertrauen darauf, dass er auf sie aufpassen würde.

Rex hatte den Pfad vor langer Zeit freigelegt, damit Jade dort ausreiten konnte, ohne sich um umgestürzte Bäume oder Felsbrocken zu sorgen, die das Pferd überwinden musste, und außerdem hatte er für abendliche Ausritte Solarlampen am Wegesrand installiert.

»Dieser Pfad führt ganz bis zum Fluss«, erklärte Eric, als sie in den Wald kamen. Die letzten Sonnenstrahlen drangen durch die Bäume hindurch und beleuchteten den Weg.

»Wird Hope noch genug sehen, wenn die Sonne untergeht?«

»Wenn es etwas dunkler wird, gehen die Solarlampen an, die Rex aufgehängt hat.« Er zeigte auf die Lampen, die an den Bäumen angebracht waren. »Du weißt doch, Sicherheit geht vor.«

Sie ritten den Berg hinauf, begleitet von den Geräuschen des leichten Windes, der durch die Bäume raschelte und über den Boden huschte. Eric spürte, dass Kats Körper sich an seinem entspannte. Es war unerträglich, dass er ihr Gesicht nicht sehen konnte, aber er verstand mittlerweile ihre Körpersprache und ihre sich ändernde Atmung immer besser.

»Fühlst du dich jetzt wohler?«

»Ja, danke. Hope ist so sanft, und du gibst mir das Gefühl von Sicherheit.«

»Danke. Hope ist wirklich ein Schatz. Hal hat sie für seine Frau Adriana gekauft, als sie krank wurde. Er behauptet felsenfest, dass er über das Pferd mit Adriana kommunizieren kann.« Er hatte nie verstanden, wie ein Mann eine Frau so sehr lieben konnte, dass er sich weigerte loszulassen, selbst nach ihrem Tod, und er war nie jemand gewesen, der an die Liebe auf den ersten Blick geglaubt hatte, aber mit jeder Minute, die er mit Kat verbrachte, zweifelte er diese Ansichten immer mehr an.

»Hals Herz gehört Adriana«, sagte Kat. »Wahrscheinlich sieht er sie in allem, was er liebt. Glaubst du nicht?«

»Vielleicht. Kannst du die Zügel kurz halten?«

»Klar, aber was ist, wenn ich etwas falsch mache?« Sie drückte ihren Rücken an seine Brust, als bräuchte sie den beruhigenden Kontakt.

»Das machst du schon nicht. Halt sie ganz locker und ziehe sie nicht zur Seite.« Er ließ die Zügel los und legte die Arme um ihre Taille. »Ich muss dir nur kurz etwas näher sein.« Er legte seine Wange an ihre. »Findest du es nicht auch herrlich, hier draußen zu sein, ohne den Lärm der Stadt oder irgendwelche nervigen Termine?«

Ein zufriedener Seufzer entwich Kat, als Hope dem Pfad auf einer langen Kurve folgte. Der Geruch von feuchter Erde und kühlerer Luft umschloss sie, als der Fluss vor ihnen auftauchte.

»Ich fand es hier schon immer herrlich«, sagte Kat. »Aber

mit dir gefällt es mir noch viel mehr.«

»Mir auch. Ich glaube, dir würde mein Grundstück in Sweetwater gefallen. Irgendwann muss ich dich mal dorthin mitnehmen. Wir können nackt im See baden.« Er spürte, wie sie erschauderte.

»Ich gehe nicht ins tiefe Wasser.«

Eric schlang die Arme fester um ihre Taille und dachte an das Mädchen aus seiner Vergangenheit. »Noch etwas, was wir zusammen überwinden können.«

Als die Sonne unterging, leuchteten die Lampen in den Bäumen auf und erhellten den Weg hinunter zum Fluss. Während sie den Bergpfad hinabritten, hielt er Kat gut fest, und als sie unten ankamen, half Eric ihr beim Absteigen.

»Wie war's für dich?« Er schob ihr die Haare beiseite, damit er ihr Gesicht sehen konnte, und die Gefühle, die er dort sah, überwältigten ihn.

»Das war unglaublich romantisch. Ich hätte nie gedacht, dass Reiten romantisch sein könnte, aber das war …« Sie gab einen zufriedenen, verträumten Seufzer von sich, der sein Herz erwärmte. »Wundervoll!«

Er legte die Stirn an ihre und atmete ihren Duft ein. »Ich bin so froh. Und du machst es alles noch viel romantischer.« Er küsste sie sanft und genoss den süßen wohligen Laut, den sie von sich gab.

Gemeinsam breiteten sie eine Decke auf dem Boden aus. Aus dem Rucksack nahm Kat die Sandwiches, die er zubereitet hatte, während sie sich für das Date fertiggemacht hatte.

»Wann hattest du denn dafür Zeit?«

»Gleich nachdem ich die Blumen für dich geholt habe.« Er lächelte und beobachtete, wie sie sich neben Hope stellte. Nachdenklich betrachtete sie das Pferd.

»Müssen wir sie nicht an einen Baum binden oder so?« Sie streichelte Hope.

»Jedes andere Pferd vielleicht, aber nicht Hope. Sie geht nie weg. Wirklich, manchmal denke ich, Hal hat recht, wenn er sagt, sie versteht die Menschen.« Er holte eine Flasche Wein und zwei Weingläser aus dem Rucksack.

»Du hast an alles gedacht«, sagte sie und kam zu ihm.

Eric hielt einen Finger hoch und zauberte dann noch Kerzen aus den Seitentaschen hervor. »Jetzt brauchen wir nur noch Kerzenhalter.« Er schaute sich auf dem Boden um und fand zwei große flache Steine, die er an den Rand der Decke stellte. Er stellte die Kerzen darauf und holte ein Feuerzeug aus seiner Hosentasche. »Du darfst mich jetzt gern mit Lob überhäufen«, sagte er und zündete die Kerzen an.

Sie verdrehte die Augen, und er zog sie an sich, was sie zum Lachen brachte. Er liebte ihr Lachen. Ach was! Es war wohl kaum zu leugnen, dass er alles an ihr liebte. Sie war frech und klug, und bei der Art, mit der sie ihn anschaute, wurde ihm ganz flau im Magen, aber auf eine wunderbare Weise. Ihm schoss durch den Kopf, dass es ihn wahrscheinlich beunruhigen sollte, wie schnell er von ihr angetan gewesen war, insbesondere da er sich vom allerersten Augenblick immer mehr in sie verliebt hatte. Aber Beunruhigung war ganz und gar nicht das, was er empfand. Er wollte sie weiter in sein Leben hereinholen und sich mit voller Geschwindigkeit in die Gefühle stürzen, die sie in ihm auslöste.

Er drückte seine Lippen auf ihre und küssend setzten sie sich nebeneinander auf die Decke. Er gab ihr ein Sandwich und schenkte ihnen beiden Wein ein. »Auf unser erstes Date.«

»So macht ein Rennfahrer einer Frau also den Hof? Ich hatte schnelle Autos und noch schnellere Hände erwartet.« Sie lehnte sich nach hinten, stützte sich auf den Händen ab und sah im abendlichen Licht umwerfend aus. Ihre Lippen formten ein Lächeln, und ihre hellblauen Augen changierten zwischen schüchtern und verführerisch – ein Blick, dem man nicht nur schwer widerstehen konnte, sondern der auch direkt aus ihrem Herzen zu kommen schien. Wahrscheinlich war es der ehrlichste Blick, den er seit Langem gesehen hatte.

»Meine schnellen Hände hast du schon kennengelernt, und du weißt, dass ich schnelle Autos mag.« Er nahm einen Schluck Wein und genoss es, wie sie darauf wartete, was er sonst noch zu sagen hatte. Sie war so anders als die Frauen, die er normalerweise datete und von denen keine einen Ausritt über einen gewundenen Pfad hin zu einem Fluss zu schätzen gewusst hätte. Er wollte jede einzelne Sekunde mit ihr genießen und keinen Moment ihres Dates übereilen.

»Normalerweise mache ich Frauen nicht den Hof, aber ich glaube, das weißt du mittlerweile.« Er streckte neben ihr die Beine aus. »Ich möchte dir den Hof machen, Kat. Ich möchte dich kennenlernen und dir mein wahres Ich zeigen, zu dem – das kann ich dir versichern – auch schnelle Hände und schnelle Autos gehören.«

»Dein wahres Ich? Erzähl mir davon.« Sie trank ihren Wein und stellte das Glas beiseite.

Eric dachte über ihre Frage nach, während er den letzten Bissen von seinem Sandwich aß. Dann zog er seine Stiefel aus und krempelte seine Jeans hoch. »Mein wahres Ich möchte dich barfuß sehen, bitte.«

Sie lächelte und kam seiner Aufforderung nach. »Ich bin dabei.«

Er stand auf und reichte ihr die Hand. Mit hochgekrempelten Jeans führte er sie am Ufer entlang.

»Lenkst du von meiner Frage ab?«, wollte sie wissen.

»Nein. Ich überlege nur. Ich denke nicht oft darüber nach, wer ich wirklich bin, und ich will dir keine belanglose Antwort geben ... Ein Rennfahrer, ein Adrenalinjunkie. In den letzten Monaten habe ich vielleicht mehr darüber gelernt, wer ich sein will, also ändert sich der Mensch, der ich bin, auch gerade.«

»Zum Besseren?«, fragte sie.

Er hob einen Stein auf und warf ihn ins Wasser. »Das hoffe ich. Die größer werdende Stiftung ist ein Teil dessen.« Er zog sie an sich und küsste sie. »Vielleicht bist du auch ein Teil dessen.«

»Bei dir klingt es so leicht und so richtig«, sagte Kat und schaute anerkennend zu ihm auf.

»Sollte es schwierig sein?« Er hob noch einen Stein auf und betrachtete ihn.

»Kompliziert, vielleicht? Keine Ahnung. Wenn ich ein Date habe, fühlt es sich normalerweise nicht so an. Es ist dann ... *fraglicher*. Wenn ich mit dir zusammen bin, ist überhaupt nichts fraglich. Ich will mit dir zusammen sein, und ich spüre, dass du mit mir zusammen sein willst.« Sie beobachtete, wie ein Lächeln in sein Gesicht trat, als er den Stein ins Wasser warf und dann wieder nach ihrer Hand griff. Auch wenn der Kuss an der Rennstrecke sie überrumpelt hatte, so fand sie es doch schön, dass er seine Zuneigung so offen zeigte. Etwas so Einfaches wie seine Hand zu halten, gab ihr das Gefühl, etwas Besonderes zu sein.

»Erzähl mir von der Stiftung. Wie hast du entschieden,

welcher Art von Familie du helfen möchtest, wenn es doch so viele bedürftige Familien gibt?«

»Erfahrungen«, sagte er, und das eine Wort, mit einem Anflug von Bedeutungsschwere ausgesprochen, ließ in ihr die Frage aufkommen, ob er in der Vergangenheit Drogenprobleme gehabt hatte.

»Eigene Erfahrungen?«, fragte sie vorsichtig.

Er setzte sich auf einen großen Felsbrocken und zog sie neben sich. »Das ist etwas, über das ich normalerweise nicht rede, aber da wir anscheinend alle Regeln brechen …«

»Ich wollte nicht neugierig sein«, sagte sie schnell.

»Du bist nicht neugierig, und wenn auch nur die kleinste Chance besteht, dass du noch einmal mit mir ausgehst, was ich hoffe, dann möchte ich, dass du wirklich mein wahres Ich kennst.« Er drückte ihre Hand, doch sein Blick lag suchend auf dem Fluss, als würde er dort Antworten finden.

Er drehte sich zu ihr um, und so, wie er ihre Hand in seine nahm, betonte es die Bedeutung dessen, was er offenbaren würde. Kat bereitete sich auf ein Geständnis in Sachen Drogenmissbrauch vor, von dem sie nicht wusste, ob sie damit umgehen konnte.

»Ich hatte nicht das, was man eine perfekte Kindheit nennen würde. Mein Vater war Steinmetz und verletzte sich am Rücken, als ich drei oder vier Jahre alt war. Meine Mutter war Hausfrau, aber nachdem mein Vater durch die Rückenverletzung arbeitsunfähig wurde, hat sie einen Job in einem Lebensmittelgeschäft angenommen. Mein Vater musste sich also um mich kümmern, während sie arbeitete, und da er permanent Schmerzen hatte und ich so ein ungestümer kleiner Junge war …«

Seine Stimme war von Traurigkeit erfüllt, und als er nur mit den Schultern zuckte, als wäre alles nicht so schlimm, wusste Kat, dass er lediglich versuchte, sich stark zu zeigen.

»Das tut mir leid. Hat er dich misshandelt?«

»Nicht oft. Von Schmerzmitteln ist er irgendwann auf härtere Drogen umgestiegen. Hauptsächlich Heroin, und meine Mom hat schließlich ihren Job aufgegeben, um sich um mich zu kümmern, aber irgendwie hat sie dann auch mit den Drogen angefangen. Ich weiß nicht so richtig, wie oder warum, aber als ich sechs oder sieben Jahre alt war, waren sie beide einfach nur kaputt.«

Die Vorstellung von Eric als kleinem Jungen, der mit dieser Situation umgehen musste, versetzte ihr einen schmerzhaften Stich. »Gab es irgendwelche anderen Familienmitglieder, die sich um dich kümmern konnten?«

Er schüttelte den Kopf, doch mit dem nächsten Atemzug straffte er die Schultern, hob das Kinn und festigte seine Stimme. »Nein, keine anderen Familienmitglieder, aber ich habe mich um mich selbst gekümmert. Ich habe gelernt, ihnen aus dem Weg zu gehen, zu spüren, wenn sie high waren oder wenn sie schlecht drauf waren und den nächsten Trip brauchten.«

Kat konnte sich nicht ausmalen, wie es war, so zu leben, noch dazu in so jungem Alter. Sie schlang die Arme um ihn, wollte ihn trösten und wünschte sich, sie könnte all den Schmerz, den sie in seinen Augen sah, verschwinden lassen. Zuerst erwiderte er ihre Umarmung nicht, aber sie legte die Wange an seine Brust, lauschte dem gleichmäßigen Schlag seines Herzens, und wenige Sekunden später legte er die Arme um sie und atmete tief durch. Sie spürte, wie sich die Spannung von ihm löste, und sie war dankbar, dass er ihr genügend vertraute, um sich ihr gegenüber zu öffnen.

»Es tut mir leid, dass du eine so schwere Kindheit hattest.« Sie lehnte sich zurück, legte die Hände um seine Wangen und blickte ihm in die Augen. »Guck dir nur mal an, wie weit du es gebracht hast. Du bist ein wahrer Held, du hilfst anderen Familien.«

Eric zog die Augenbrauen zusammen. »Sag das noch mal.«

»Guck dir nur mal an, wie weit du –«

»Nein, das mit dem Helden«, sagte er schnell und sah sie forschend an.

»Dass du ein wahrer Held bist?«

»Daher kenne ich dich, Kat.« Er rieb sich über das Gesicht. »Oh Mann! Du bist Kay! Du warst im Camp Kachimonte. Du warst mein helles Licht in dem Sommer, in dem ich neun wurde.«

Ihre Brust zog sich zusammen, und jetzt war sie diejenige, die ihn forschend ansah. »Woher weißt du, dass ich da war? Ich wurde erst als Teenager zu Kat, weil ich einen coolen Namen haben wollte. In dem Camp war ich in dem Sommer, als ich sechs war.«

»Ich war auch da. Das war dieser besonders schwierige Sommer mit meinen Eltern.« Die Muskeln in Erics Kiefer zuckten. Er rieb sich den Nacken, als hätte er sich bei dem Gespräch verspannt. Und als er endlich wieder redete, war sein Tonfall ernst. »Wir hatten selten etwas zu essen im Haus, und ich habe die meiste Zeit draußen verbracht, immer versucht, ihnen nicht in die Quere zu kommen. Aber in dem Sommer habe ich mich ins Camp geschlichen.« Er streichelte ihr über die Wange und flüsterte fast: »Und da habe ich dich getroffen. Ich wusste, du kamst mir bekannt vor, als ich dich am Flughafen sah, aber ich dachte, ich bilde mir das nur ein.«

»Ich verstehe das nicht.« Sie hatte nur ein paar vage Erinnerungen an diesen Sommer, und keine davon beinhalteten Eric.

»Ich habe dich in dem Sommer getroffen. Du hast ein Eis fallen gelassen, und ich habe mich in die Küche geschlichen, um dir ein neues zu holen. Und ich bin dazwischengegangen, als ein Rabauke einen kleineren Jungen verprügelt hat. Du hast damals zu mir gesagt, ich wäre der mutigste Junge, den du je kennengelernt hast.«

Kat lächelte, aber sie hatte keinerlei Erinnerung an diese Vorfälle. »Ich war wohl zu jung, um mich noch daran zu erinnern.«

»Weißt du, warum du Angst vor tiefem Wasser hast?« Er zog sie hoch und ging ans Ufer, wo er mit dem Fuß Wasser aufspritzen ließ und schnell weiterredete. »Ich durfte nicht dort sein. Ich war schon einmal erwischt worden, als ich mich hineingeschlichen hatte, und die Strafe war ziemlich heftig gewesen, aber ich habe gesehen, dass du beim Schwimmen in Schwierigkeiten warst, im Wasser gestrampelt hast, und dass dir keiner zu Hilfe kam. Ich konnte dich doch nicht ertrinken lassen. Also bin ich hineingesprungen und habe dich ans Ufer gezogen. Du warst so verängstigt. Mein Gott, ich habe in all den Jahren so oft daran gedacht. Deine Worte haben mich durch einige meiner dunkelsten Nächte gebracht. Du hast mein Gesicht umfasst, so wie du es gerade eben getan hast, und hast gesagt: *Du hast mich gerettet. Du bist mein wahrer Held.*«

Kats Herz hämmerte in ihrer Brust, als die Erinnerungen über sie hereinbrachen. »Jetzt weiß ich es wieder. Du bist weggerannt.«

Er nickte. »Der Betreuer war hinter mir her. Nachdem du das zu mir gesagt hattest, hast du deine Lippen auf meine gedrückt. Du warst so klein, so verängstigt. Als wenn die Erleichterung aus dir herausströmte. Ich glaube, der Betreuer hat gedacht, ich würde etwas Schlimmes tun, weil du geweint hast, aber ich konnte nicht dableiben, um ihm alles zu erklären, und damit riskieren, wieder von der Polizei nach Hause gebracht zu werden.«

»Ich habe dir hinterhergerufen. *Junge, komm zurück!*, habe ich gerufen, glaube ich.« Sie erinnerte sich jetzt. Eric hatte sie mit großen Augen angestarrt und dann war er fort gewesen. »Du musst eine so große Angst gehabt haben.«

»Nur vor dem, was mich zu Hause erwartet hätte, wenn mich die Polizei wieder bis zur Tür begleitet hätte. Ich kann gar nicht glauben, dass du es wirklich bist. Das ist vollkommen surreal. Als wärst du die ganze Zeit da gewesen und hättest nur darauf gewartet, dass ich dich finde.«

Darüber musste sie lächeln. »Weißt du, wie klein die Wahrscheinlichkeit war, dass wir uns nach all diesen Jahren wieder begegnen? Oder dass du dich überhaupt daran erinnerst? An mich?« Sie brauchte einen Moment, um das alles zu begreifen. »Ich glaube, ich habe gerade deine sentimentale Seite gesehen, und die gefällt mir wirklich sehr. Was passierte dann?« Sie hielten sich an den Händen, als sie zurück zur Decke gingen.

»Ich weiß es nicht. In meiner Erinnerung verschwimmen die Jahre zu einem Albtraum, in dem ich einfach nur einen Tag nach dem anderen irgendwie überstehen musste. Unzählige beängstigende Nächte, Streitereien, Tage, an denen meine Eltern zu zugedröhnt waren, um überhaupt mit mir zu reden. Mit fünfzehn bekam ich einen Job an der Rennstrecke und ein Mechaniker dort hat mich unter seine Fittiche genommen. Schließlich bin ich bei meinen Eltern ausgezogen und irgendwann wurden sie auch clean.«

»Und deshalb hilfst du Familien, die durch Drogenmissbrauch belastet sind.« Sie verstand jetzt so viel mehr und bewunderte ihn, weil er all das überstanden hatte.

»Ja, und du kannst mir glauben, die Ironie an der Tatsache, dass ich mein ganzes Leben lang so schnell wie möglich unterwegs war und dass es wahrscheinlich etwas mit der Flucht vor meiner Vergangenheit zu tun hat, ist mir nicht verborgen geblieben.«

»Das ist nicht wichtig. Wichtig ist, dass du stark genug warst, nicht nur auf deine eigene Sicherheit und psychische Gesundheit aufzupassen, sondern dass du deine schmerzvolle Vergangenheit angenommen und sie in eine Möglichkeit umgewandelt hast, anderen zu helfen. Ich finde, das ist das Bewundernswerteste, was ein Mensch tun kann.« Sie stellte sich auf Zehenspitzen und drückte ihre Lippen auf seine. »Du bist wirklich ein wahrer Held. Und ich habe das große Glück, dich zwei Mal in meinem Leben gefunden zu haben.«

Er legte seine Stirn an ihre. »Ich bin derjenige, der das Glück hat, Süße. Du hast damals Licht in meinen Sommer gebracht und du hast in den vergangenen zwei Tagen mein Leben auf den Kopf gestellt. Du sorgst dafür, dass ich Dinge will, die ich zuvor nie wollte. Ich kann kaum glauben, wie viel ich bereits für dich empfinde und wie glücklich ich bin, wenn du in meiner Nähe bist.«

»Danke, dass du mir deine Geheimnisse anvertraust.«

Er atmete noch einmal tief durch, als wäre ihm eine große Last von den Schultern genommen worden. »Und ich danke dir, dass du mich wegen meiner Vergangenheit nicht verurteilst.«

»Dich verurteilen? Wir können uns unsere Eltern nicht aussuchen.«

»Trotzdem, danke.«

Sie schaute nachdenklich zum Fluss. »Du bist eine Inspiration für mich. Da du mir hilfst, meine Angst vor dem Reiten zu überwinden ... Wärst du auch bereit, mir beim Überwinden meiner Angst vor tiefem Wasser zu helfen? Das ist eine Angst, die ich bisher noch nicht in den Griff bekommen habe.«

»Ich werde dir bei allem helfen, und zwar jederzeit. Aber bist du sicher, dass du hier schwimmen möchtest?«

Sie war bereits dabei, sich bis auf die Unterwäsche auszuziehen, und er starrte sie lüstern an. »Hast du Angst?«

»Oh nein! Aber wenn du hier in diesen spärlichen Seidenfetzen herumläufst, kann ich dir versprechen, dass du Angst haben solltest. Richtig große Angst.«

»Oje.« Sie schaute ihn mit großen unschuldigen Augen an. »Dann ziehe ich das wohl lieber aus.« Sie wandte ihm den Rücken zu und schob sich die BH-Träger von der Schulter.

»Kat.« Seine Stimme bebte vor Begehren.

Sie schaute sich über die Schulter, als sie Po wackelnd ihren Slip hinunterschob, und kicherte, als er seine Boxershorts auszog, in voller aufrechter Pracht vor ihr stand und sie ihn mit gekrümmtem Finger zu sich lockte.

»Ich brauche meinen großen starken Helden, der mit mir ins tiefe Wasser geht.«

Zehn

Eric kam es so vor, als wäre er im Himmel gelandet. Kat stand im hüfttiefen Wasser, und ihre Haut schimmerte im Mondschein, während sie seine Hand fest umklammerte. Ihren Körper zu zeigen, machte sie überhaupt nicht verlegen, und das gefiel ihm an ihr. So wie ihm unzählige Dinge an ihr gefielen. Ihre starken Überzeugungen, der Mut, ihr Leben in die Hand zu nehmen. Sie war warmherzig, verständnisvoll und beinahe unerträglich sexy. Es bereitete ihm Höllenqualen, die Hände von ihr zu lassen, während er sie doch eigentlich in die Arme nehmen und sie lieben wollte.

»Ich glaube, es geht hier im Moment mehr darum, mein Verlangen unter Kontrolle zu bringen, als deine Ängste zu überwinden«, sagte Eric. »Das hier ist irgendeine Prüfung, die du mir auferlegst, und ich werde sie vermasseln. Aber so richtig!«

Kat lachte. »Vermassele es lieber nicht. Ich vertraue darauf, dass du mir hilfst, meine Angst zu überwinden. Ich kann mich nicht daran erinnern, jemals in so tiefem Wasser gestanden zu haben.«

Er zog sie fest an sich und spürte, dass sie zitterte. »Zumindest nicht seit damals in dem Ferienlager, oder?« Er küsste sie auf die Schläfe. »Bist du nervös oder ist dir kalt?«

»Beides.« Sie schlang die Arme um seine Taille.

»Du machst mich fertig. Hast du eine Ahnung, wie das ist, deine nackten Brüste im Mondschein zu sehen, mit diesem süßen, vertrauensvollen Lächeln auf deinen Lippen, bei dem ich mir wie der reinste Lustmolch vorkomme, weil ich dich einfach nur berühren will?«

Sie stellte sich vor ihn und drückte ihren nackten Körper an seinen, woraufhin er sie hochhob und tiefer ins Wasser trug. Sie kreischte, aber es war kein ängstliches Kreischen. Es war ein freudiger, verspielter Aufschrei, der ihn mit einem Glücksgefühl erfüllte. Sie klammerte sich so fest an ihn, dass er spürte, wie ihre Freude sich in Angst umkehrte, als sie brusttief ins Wasser eintauchten. Er schlang die Arme noch fester um sie. »Ich halte dich, Schatz.«

»Lass mich nicht fallen. Lass mich nicht los«, flehte sie.

»Niemals.« Er legte ihre Beine um seine Taille und sie sah ihn mit zusammengekniffenen Augen an. »Ich habe keine bösen Absichten. Ich will dich nur besser halten können.«

»Ja, klar doch.« Sie umklammerte ihn noch fester mit den Beinen. »Hey, pass auf, diese Wasserschlange tastet sich in Gebiete vor, in denen sie nichts zu suchen hat.«

Er lachte. »Wenn du einem Bären eine Höhle anbietest, kannst du dich nicht beschweren, wenn er dort Unterschlupf sucht.« Er würde nie etwas tun, was sie nicht wollte, aber er merkte, dass dieses Geplänkel sie hervorragend ablenkte. Er ging noch einen Schritt weiter ins Wasser, sodass ihre Körper bis zum Hals untertauchten. Sie vergrub ihre Fingernägel in seiner Haut.

»Warte.« Sie atmete tief ein.

Er blieb stehen und versicherte ihr: »Ich halte dich. Ich

werde nicht zulassen, dass dir irgendetwas geschieht. Versprochen. Rede mit mir, Kat. Was macht dir am Wasser am meisten Angst?«

»Ertrinken«, stieß sie aus.

»Sieh mich an.« Als er ihre ganze Aufmerksamkeit hatte, sagte er: »Hast du jemals Schwimmen gelernt?«

Sie nickte. »Ich kann schwimmen. Mein Vater hat es mir in dem Sommer beigebracht, als ich fast ertrunken wäre. Aber obwohl ich schwimmen kann, hat es mir nie dabei geholfen, meine Angst abzulegen.«

»Okay, dann liegt es vollkommen in deiner Hand, über Wasser zu bleiben.«

Ihre Beine legten sich wieder fester um ihn und drückten sie so noch stärker an seinen harten Schaft.

»Wenn du so weitermachst, bin ich nicht schuld an dem, was dann passiert.« Er lächelte, um ihr zu zeigen, dass er scherzte. »Ich halte dich. Wir bleiben einfach noch ein paar Minuten hier bis zum Hals im Wasser. Wenn du dich sicher fühlst, lässt du mich einfach nur ein bisschen los. Vertrau dir. Vertrau auf deine Fähigkeit, dich selbst zu retten.«

»Das könnte eine Zeit lang dauern.«

»Ich habe die ganze Nacht Zeit«, versicherte er ihr.

»Ich rede von Monaten.« Sie schaute um sich und ihr Blick wurde etwas entspannter. »Der Fluss ist eigentlich ziemlich hübsch. Sieht so aus, als würde der Mondschein auf dem Wasser tanzen.«

»Ja, er ist fast so hübsch wie du.« Er ließ die Hand über ihren Rücken nach unten wandern und gab ihr einen Klaps auf den Hintern.

»Du flirtest.«

»Ich sage die Wahrheit.« Er drückte seine Lippen auf ihre.

»Ich kann kaum glauben, worum ich dich jetzt bitten werde, denn es gibt keine bessere Stellung als diese hier gerade – es sei denn, du wärst einverstanden, etwa zwanzig Zentimeter tiefer zu rutschen.«

Sie riss die Augen auf. »Hey! Ich würde dir jetzt eine knallen, wenn ich nicht Angst hätte, herunterzufallen.«

»Mist. Ich dachte, ich könnte dich austricksen, indem du mich etwas weniger fest umklammerst. Aber jetzt im Ernst, konzentriere dich auf mich. Ich möchte, dass du deine Beine jetzt herunternimmst und im Wasser hängen lässt. Ich halte dich fest, versprochen.«

»Nein.« Sie presste die Kiefer aufeinander.

»Sehr streitlustig. Das törnt mich richtig an.« Er schob seine Hüfte vor und ihr stockte der Atem.

»Mann!« Sie sah ihn frech an. »Du sollst mir helfen, meine Angst vor tiefem Wasser zu überwinden.«

»Ist doch nicht meine Schuld, dass du höllisch sexy und im wütenden Zustand noch heißer bist. Jetzt nimm deine Beine runter und vertrau mir, denn ich passe auf, dass dir nichts passiert. Ansonsten trage ich dich aus dem Wasser und dann geht die Schlange mit Sicherheit auf dich los.«

Sie lachte und er atmete erleichtert auf.

»Ich glaube an dich, Kat. Du schaffst das.«

Sie verdrehte die Augen und lockerte langsam ihre Beine. »Lass mich nicht los.«

»Niemals.« Er hielt sie an der Taille fest. Ihre Arme lagen um seinen Hals, und ihre Münder waren auf perfekter Höhe. Er küsste sie sinnlich, genoss es, ihren glatten Körper an sich zu spüren, ebenso wie ihren sich lockernden Griff und die aus ihrem Körper weichende Spannung.

»Du machst das so gut«, sagte er an ihren Lippen. »Küss

mich weiter und dann fühlst du dich schon bald wie ein Fisch im Wasser.«

Sie kicherte, und sie fanden wieder zu einem Kuss zusammen, der die Temperatur um sie herum in die Höhe schießen ließ. Seine Hand wanderte zu ihrem unteren Rücken und drückte ihren Körper an seinen, während er einen Schritt tiefer ins Wasser ging.

Sie schreckte zusammen, doch er lehnte sich vor und eroberte gleich wieder ihren Mund.

»Du willst mich austricksen«, fuhr sie ihn an.

»Nein, Kat. Ich bereite dir den Weg, damit du sehen kannst, dass du selbst alles unter Kontrolle hast. Du selbst hältst dich an der Wasseroberfläche.« Er ließ die Hände sanft über ihre Taille gleiten. »Wenn du so weit bist, lässt du los, und ich halte dich, bis du dich sicher fühlst.«

»Loslassen?« Ihr Blick huschte zum Wasser.

»Strampel mit den Füßen und bewege die Arme, und ich halte dich hier fest.« Er legte die Hände wieder um ihre Taille. »Du wirst nicht untergehen. Versprochen.«

Sie nickte, und er sah ihr an, dass sie sich auf den Augenblick der Wahrheit vorbereitete, schluckte, die Kiefer aufeinanderpresste und dann mit der Zunge über ihre köstlichen Lippen fuhr.

»Ich bin so stolz auf dich. Du schaffst das.«

Sie ließ ihre Hände von seinen Schultern hin zu seinen Oberarmen gleiten, die sie fest umklammerte.

»Das ist gut. Halt dich an mir fest. Strampel mit den Füßen. Gut so! Und jetzt die Arme. Ich lass dich erst los, wenn du es mir sagst.«

Ihre Arme glitten ins Wasser.

»Wie fühlst du dich?«

»Wie ein Kind.« Sie lächelte.

»Glaub mir, du siehst nicht im Geringsten wie ein Kind aus.« Er warf ihr einen Luftkuss zu. »Hast du das Gefühl, du treibst? Willst du es allein versuchen?«

»Ich weiß noch, wie es geht, auch wenn es so lange her ist, dass ich geschwommen bin. Ich habe einfach nur Angst. So oft habe ich versucht, diese Angst zu überwinden, aber nie habe ich es geschafft. Nie konnte ich mich dazu bringen, ins tiefe Wasser zu gehen. Es gibt nur noch wenige Dinge, die ich noch immer versuche, zu überwinden, aber das hier macht mir eine Heidenangst. Aber mit dir *will* ich es wirklich versuchen. Ich will sie überwinden.«

»Wie gesagt, ich kann die ganze Nacht hier stehenbleiben. Lass dir Zeit.«

Kat schob das Wasser zur Seite, ließ den Blick keine Sekunde von ihm ab, und nur wenige Minuten später sagte sie: »Ich bin so weit.«

»In Ordnung.« Er nahm die Hände weg, ließ sie aber ausgestreckt im Wasser, damit er sie halten konnte, falls sie es brauchte.

»Omeingott! Ich schwimme. Eric!« Sie kreischte, während sie sich weiter über Wasser hielt. »Das ist der Wahnsinn! Das macht wirklich Spaß. Es ist befreiend!«

»Mein Gott, du bist wunderschön.« Er blieb dicht bei ihr, während sie umherschwamm, dabei nie ihren Kopf unter Wasser tauchte, sondern sich auf der Seite oder brustschwimmend vorwärtsbewegte.

»Es funktioniert. Ich gehe nicht unter.«

»Du bist zu allem fähig, Kat. Es gibt nichts, was du nicht kannst.«

Sie schwamm zu ihm und schlang die Arme und Beine um

ihn. »Es gibt eine Sache, die ich nicht kann.«

»Das glaube ich keine Sekunde lang.«

Sie verschloss seinen Mund mit einem betörenden Kuss. »Ich kann dich nicht aus dem Wasser tragen, um meinen Spaß mit dir zu haben.«

Er legte wieder die Arme um sie und trug sie aus dem Wasser, während ihre Lippen in einem glühend heißen Kuss zueinanderfanden. Er setzte sie auf der Decke ab und griff nach seinem Portemonnaie. Kurz darauf lag er mit Kondom geschützt über ihr und nahm die immer größer werdenden Gefühle wahr, die ihn erfüllten.

Als sich ihre Körper vereinten, berührte sie seine Wange.

»Was hast du mit mir gemacht, Eric James?«

»Was immer es auch ist, es ist nicht genug. Ein Abend ist nicht genug. Nichts wird je genug sein. Ich habe das Gefühl, mein ganzes Leben auf dich gewartet zu haben. Versprich mir noch einen Abend mehr, Kat.«

»Nur einen?«

Er senkte seine Lippen auf ihre. Unter dem Mond und den Sternen, während Hope Wache stand, fanden ihre Körper ihren harmonischen Rhythmus, und Eric fand das Einzige, das sich je wirklich nach einem *Zuhause* angefühlt hatte – und das lag in seinen Armen.

Elf

Um halb acht Uhr am nächsten Morgen brummte es im Haus der Bradens schon vor Energie. Christian stopfte sich Cheerios in seine kleinen rundlichen Wangen und Layla war im Kellnerin-Modus. Ihr Pony war mit einer hübschen Spange auf ihrem Kopf zurückgesteckt, was ihr herzerfrischendes Lächeln betonte. Sie war offensichtlich stolz darauf, wie ein großes Mädchen behandelt zu werden, als sie einen Teller Pfannkuchen vor Hal abstellte.

»Hättest du gern Butter dazu?«, fragte Layla.

Er legte seinen kräftigen Arm um sie und drückte ihr einen Kuss auf die Schläfe. »Nein danke, meine Süße. Die sehen so schon köstlich aus.«

Stolz lächelten Kat und Brianna sich an. Kat war in Richmond aufgewachsen, und als Brianna sich um einen Job in der Old Town Tavern beworben hatte, waren sie und Kat sofort ein Herz und eine Seele gewesen. Kat war Teil von Briannas Leben gewesen, noch bevor Layla auf die Welt gekommen war, und sie konnte kaum fassen, wie viele Jahre seither vergangen waren. Layla ging es als Teil der Braden-Familie offensichtlich besser denn je.

Eric betrat die Küche, frisch geduscht, die Haare handtuchgetrocknet und, ach, so sexy! Sofort wanderte sein Blick zu Kat, und seine Lippen zeigten ein sündiges Lächeln, das ihr Herz zum Rasen brachte. Jede Sekunde, die sie am Abend zuvor zusammen verbracht hatten, hatte sie einander nähergebracht und ihr mehr über sich selbst verraten. Sie konnte es kaum fassen, dass sie den Vorfall im Ferienlager verdrängt hatte, aber jetzt ergab ihre Angst vor tiefem Wasser einen Sinn. Eric war gestern Abend so aufmerksam gewesen, als sie mit Hope an den Fluss geritten waren. Er hatte die Gabe, verführerisch und umsichtig zugleich zu sein, und das lockte das brave Mädchen und das böse Mädchen in Kat hervor. Die Mischung hatte sie überrascht, nachdem sie so lang versucht hatte, anspruchsvoll zu sein und sich verantwortungsvoller zu geben. Am gestrigen Abend hatte sie gelernt, dass sie glücklicher war, wenn sie einfach sie selbst war. Sie musste sich nicht mit Fremden treffen. Sie hatte einfach nur noch nicht den richtigen Mann getroffen, einen, der die frechen und die netten Seiten ihrer Persönlichkeit so hervorbrachte, wie Eric es tat. Das Nacktbaden mit ihm war das Aufregendste und das Intimste, was sie je mit einem Mann erlebt hatte. Vielleicht sollte es ihr unangenehm sein, dass sie diesen Striptease so schamlos initiiert hatte, aber das war es nicht. Kein bisschen. Wie auch, wenn ihr Herz so überquoll? Und als sie jetzt beobachtete, wie Eric Christian einen Kuss auf die Wange gab, wie er Layla auf den Arm nahm und sie wie verrückt zum Kichern brachte, stellte sie sich Eric als Vater vor.

»Machst du uns heute das Frühstück?«, fragte er Layla und riss damit Kat aus ihren Gedanken. Schockiert darüber, welche Richtung diese eingenommen hatten, versuchte sie sich mit Orangensaft abzulenken. Vergeblich.

Layla kicherte wieder. »Nein, ich serviere es. Gefällt dir, was ich anhabe? Tante Riley hat das gemacht.« Riley war mit Hughs Bruder Josh verlobt. Die beiden arbeiteten als Modedesigner in New York.

Eric setzte sie ab, drehte sie im Kreis und pfiff anerkennend. »Du wirst die Schönste auf dem Picknick sein.«

Kat fand es toll, dass er Layla seine ganze Aufmerksamkeit schenkte, und offensichtlich ging es Layla ebenso, denn sie umarmte ihn noch einmal, bevor sie davoneilte, um noch einen Teller zum Tisch zu tragen.

»Wie kann ich helfen?«, fragte Eric.

Hugh kam in den Raum und klopfte ihm auf den Rücken. »Setz dich doch neben Kat. Ich mach das hier schon.« Hugh legte die Hand auf Hals Schulter. »Hi, Pop! Noch Kaffee?«

»Nein danke, mein Junge.«

Die Haustür ging auf und die tiefe Stimme von Rex hallte durchs Haus. »Ich rieche Pfannkuchen.« Er hatte einen Arm um seine hochschwangere Frau Jade gelegt und begleitet von dem dumpfen Geräusch seiner Cowboystiefel auf dem Parkett kamen sie zum Tisch.

»Pop.« Rex klopfte Hal auf die Schulter. »Wie geht's, Kat?«

»Wunderbar! Und euch?«, fragte Kat.

»Prächtig. Danke der Nachfrage.« Rex hob Christian aus seinem Kinderstuhl, woraufhin der kleine Junge freudig kreischte und mit den Beinen strampelte. Mit dem Jungen auf dem Arm zog er einen Stuhl für Jade herbei. »Setz dich doch, Schatz. Ich hole dir etwas zu essen.«

»Das mach ich schon, Onkel Rex.« Layla stellte einen Teller vor Jade auf den Tisch.

»Du bist ja die perfekte Gastgeberin.« Rex gab ihr einen Kuss. Layla nahm sein Lob mit einem Strahlen an. Er setzte sich neben Jade und wippte Christian auf seinem Knie.

»Du kannst es gar nicht abwarten, dein eigenes Baby zu haben, oder?«, fragte Kat, als sich Eric neben sie setzte und den Arm um ihre Schulter legte. Sie schaute ihn an, überrascht und gleichzeitig erfreut, dass er seine Zuneigung zeigte.

»Oh ja, das stimmt.« Rex küsste Jade auf die Wange und legte dann seine große Hand auf ihren Bauch.

»Seit dem Tag, an dem er mich gebeten hat, seine Frau zu werden, ist Rexy bereit für dieses Baby.« Jade lehnte sich vor, um Christian einen Kuss zu geben, der eifrig versuchte, seine Finger in Rex' Mund zu schieben.

»Du solltest ihn wohl lieber zurück in seinen Hochstuhl setzen, sonst denkt er noch, es ist Zeit zum Spielen und nicht zum Frühstücken.«

»Was ist mit dir, Kat? Willst du Kinder?«, fragte Eric und sie fiel vor Überraschung fast vom Stuhl.

»Ja, ich will mit Sicherheit irgendwann Kinder. Ich liebe Kinder«, antwortete sie, während ihr das Herz bis zum Hals schlug.

Unter dem Tisch berührte er mit seinem nackten Fuß den ihren. »Ich auch.«

»Wow«, sagte Hugh, der gerade den Raum betrat und Teller mit Pfannkuchen und Eiern auf den Tisch stellte. »Was zum Teufel ist denn bei eurem Date gestern passiert?«

»Hat Hope sich gut benommen?«, fragte Rex.

Brianna kam mit einer Schale Obst an den Tisch und Hugh schob ihr einen Stuhl zurecht. Ihr Blick lag auf Kat. Sie war an diesem Morgen fast geplatzt vor lauter Mitteilungsbedürfnis und hatte Bree schon ausführlich von ihrem unglaublichen Date berichtet.

»Hope hat sich wie eine Dame benommen.« Eric schaute Kat warmherzig an. »Sie hat es Kat leicht gemacht, sich beim

Reiten zu entspannen.«

War sie die Einzige, die das Zweideutige in der Bemerkung heraushörte? Hoffentlich.

»Hope hat diese Gabe, dass man sich bei ihr wohlfühlt.« Hals Blick wanderte von einem zum anderen.

»Ja«, sagte Kat. »Danke, dass wir mit ihr ausreiten durften. Und die Lichter am Pfad waren so romantisch.«

Jade lächelte Rex an. »Das ist mein Rexy. Immer für Romantik zu haben.«

»Zuerst die Sicherheit, dann die Romantik«, berichtigte er sie.

Jade verdrehte die Augen. »Was ist nur immer mit den Männern? Können sie nicht einmal zugeben, dass allein die Romantik ihr Handeln bestimmt?«

»Hey, keine Verallgemeinerungen!« Hugh legte den Arm um Brees Schulter. »Ich bin der totale Romantiker. Nur wusste ich es nicht, bevor ich Bree und Layla getroffen habe.« Er zwinkerte Layla zu.

Eric legte besitzergreifend die Hand auf Kats Schulter, und sie versuchte, nicht wie eine liebeskranke Närrin zu grinsen. Dem Lächeln in Brees und Jades Gesichtern nach zu urteilen, scheiterte sie auf ganzer Strecke.

»Es braucht schon eine ganz besondere Frau, um den Romantiker in einem Mann ans Licht zu locken«, sagte Eric wie beiläufig, als hätte er nicht gerade ihre ganze Welt auf den Kopf gestellt.

Hal legte sich die Serviette auf den Schoß. »Ihr redet ja alle Unsinn. Ihr werdet von euren Herzen gelenkt, nicht von eurem Verstand.« Er schüttelte den Kopf. »Eines Tages werdet ihr alle die Macht der Liebe erkennen. Ihr könnt sie nicht abwenden, ihr könnt ihr nicht entkommen, und ihr könnt mit Sicherheit nicht bestimmen, wie oder wann sie sich zeigt.«

Kat war es egal, ob es Wunschdenken oder Vernunft ihrerseits war, aber sie klammerte sich an Hals Worte und fühlte sich schon besser, denn ihr Herz schlug jede Menge Purzelbäume, obwohl sie Eric erst zwei Tage kannte.

Um zwei Uhr war der Weston County Park von einer Menschenmenge eingenommen und die Spendenaktion für die Foundation for Whole Families in vollem Gange. Diese Art von Events machten die Stiftung für Eric erst lebendig. Er genoss es, die Familien zu sehen, bei deren Wiedervereinigung sie geholfen hatten, und einige ihrer großzügigen Spender zu treffen. Als er die Stiftung gegründet hatte, war er auch gelegentlich bei der Überlegung hängengeblieben, dass durch eine solche Stiftung in seiner Jugend ebenfalls einiges anders hätte laufen können. Doch rasch hatte er sich solch schmerzhafte Träume verboten, da er wusste, dass sie zu nichts führten. Stattdessen nutzte er diese Hoffnungen, um die Stiftung voranzutreiben, er ließ seine Leidenschaft und seinen Wunsch nach einer besseren Kindheit in jede Familie einfließen, der sie halfen. Zu sehen, dass einige dieser Familien sich vereint wieder auf einen guten Weg machten, war die Mühe wert.

Er sah Emily Braden, Hughs Cousine, mit ihrem Verlobten Dae Bray, einem Abrissunternehmer, auf sie zukommen. Emily war Architektin und Expertin für den Bau von Passivhäusern, und sie versuchte schon seit einiger Zeit, Eric davon zu überzeugen, für seine nächste Anlaufstelle der Organisation eine nachhaltige Bauweise anzustreben. Er hatte sich bei ihr melden wollen, um ihr von seinem Plan zu erzählen, in Trusty zu bauen, einem Nachbarort von Weston und Emilys und Daes Zuhause in Colorado.

»Wie ich gehört habe, hat ein neunmalkluger Rennfahrer gerade das zwei Hektar große Gewerbegrundstück in der Nähe der Main Street in Trusty gekauft.« Emily warf sich die dunklen langen Haare zurück und umarmte Eric. »Wie geht's, du Neunmalkluger?«

»Freut mich auch, dich zu sehen, Emily.« Er umarmte sie und begrüßte Dae ebenso herzlich. »Wie steht's, Kumpel? Wie ich sehe, ist sie durch die Verlobung nicht weniger streitlustig geworden.«

Dae zog Emily an sich. »So liebe ich meine Kleine.«

»Ich wollte dich schon anrufen, um die Möglichkeiten eines Passivhauses für unser Zentrum in Trusty zu besprechen.« Eric bemerkte Hugh, der auf sie zukam.

»Jetzt sprechen wir dieselbe Sprache«, sagte Emily. »Ist ja nicht so, als hätte ich die letzten drei Jahre nicht an den Plänen gesessen und mit angehaltenem Atem darauf gewartet, dass du deinen Hintern hochkriegst. Ich schick dir Montag ein paar Ideen per Mail zu.«

»Wer ist hier jetzt die Neunmalkluge?«, scherzte Eric.

Hugh kam zu ihnen und begrüßte seine Cousine und Dae mit offenen Armen. »Das ist ja eine richtige Versammlung hier.«

»Wir sind schon wieder weg.« Emily zeigte zu den Baseball-feldern, auf denen gerade zwei Softballspiele anfingen – eines für Jugendliche und eines für Erwachsene. Dann deutete sie zu einem dritten Feld, auf dem die Kindervariante gespielt wurde, und sagte: »Aber ihr, Jungs, solltet da mitspielen.«

Eric lachte und winkte ihnen hinterher, während sein Blick schon über das Gelände huschte und nach der Frau Ausschau hielt, die sein Herz so schnell eingenommen hatte. Er entdeckte sie auf der anderen Seite des Rasens mit Christian auf dem Arm und Layla an der Hand, während Brianna sich etwas entfernt mit einer anderen Frau unterhielt. Er hätte sie den ganzen Tag beobachten können, und es sah so natürlich aus, wie sie das Baby auf dem Arm hielt und mit Layla plauderte, dass es wieder Seltsames mit seinem Magen anstellte. Er beobachtete, wie sie zu einem Clown gingen, der für eine Gruppe von Familien zauberte. Sie drückte ihre Lippen auf Christians Wangen und sagte dann etwas, als sie auf den Clown zeigte. Verdammt! Die Gefühle, die sie in ihm auslöste, erfüllten seinen ganzen Körper mit einer Wärme und ließen seine Gedanken zu etwas vorpreschen, von dem er sich nie hatte vorstellen können, dafür beruflich kürzertreten zu wollen: *Familie*.

Er wandte den Blick ab, denn diese unvertraute Sehnsucht verriet ihm, dass er sich nach nur wenigen Tagen in Kat zu verlieben schien. Er versuchte, sich auf die Menschen zu konzentrieren, die vorbeiliefen, und auf Hughs Stimme, der über das Picknick redete. Egal was, nur nicht auf die kleine Stimme in seinem Kopf, die ihm zuraunte: *Sie ist diejenige, welche. Sie ist die Eine.*

Er richtete seine Aufmerksamkeit auf den Tisch mit den Tombola-Gewinnkörben und dachte daran, wie wenige Spenden sie im ersten Jahr erhalten hatten. Jetzt platzte der Tisch aus allen Nähten. Die Denver Broncos hatten Körbe mit Football-Fanartikeln gespendet, und Dutzende Unternehmen aus der Gegend hatten Gewinne von Schmuck, Büchern und Lederwaren bis hin zu Cremes und Werkzeugen gespendet. Die Großzügigkeit der Stadt war grenzenlos.

»Es war gut, dass wir die Veranstaltung hierhergeholt haben«, sagte Eric zu Hugh. Es war Hughs Idee gewesen, die

Spendenaktion jedes Jahr in Weston durchzuführen, und da Eric nicht das Glück gehabt hatte, in einer so eng zusammenstehenden Gemeinschaft aufzuwachsen, war er glücklich, Teil von Hughs geworden zu sein.

»Weston zeigt Empathie, so viel ist sicher.« Hugh deutete auf Kat und Brianna. Kat hatte Christian noch auf dem Arm und kitzelte ihn gerade. »Sieht aus, als hätte Kat eine Schwäche für meinen Kleinen.«

Eric wurde wieder warm ums Herz, als er sah, wie sie Christian knuddelte. »Ich fasse es nicht, dass du Kat so lange vor mir verborgen gehalten hast.«

»Ach, komm! Du wolltest keine Freundin. Noch nie. Um ehrlich zu sein, war ich heute Morgen echt baff, als ich euch beide beim Frühstück gesehen habe. Bree aber gar nicht. Sie wusste in dem Moment, in dem sie euch beide gestern Morgen zusammen gesehen hatte, dass ihr füreinander bestimmt seid. Irgendwas von wegen Vibes und Funken und so.« Hugh räusperte sich, als wollte er sagen: *Hab ich doch gleich gesagt.*

Eric hatte sich noch nie so darauf gefreut, eine Frau zu sehen, wie heute Morgen. Er hatte unruhig geschlafen, sich gewünscht, Kat in seinen Armen zu halten, und sich gefragt, ob sie wohl auch an ihn gedacht hatte. Seine ganze Zurückhaltung war gefordert gewesen, um ja nicht über den Flur zu gehen und an ihre Schlafzimmertür zu klopfen. Als er sie dann endlich gesehen hatte, hatte er gegen das Verlangen ankämpfen müssen, sie in den Arm zu nehmen und zu küssen. Aber nach nur einem Date wäre das anmaßend gewesen, das wusste er, egal wie vertraut sie einander geworden waren, wie nah er sich ihr fühlte, und obwohl sie bereits versprochen hatte, heute Abend wieder mit ihm auszugehen. Beziehungen waren nichts, worin er Erfahrung hatte, daher richtete er sich nach ihr.

»Ich habe schon immer gesagt, dass du eine kluge Frau hast«, sagte Eric. »Kat und ich haben uns vom ersten Moment an in jeder Hinsicht verstanden, und trotzdem ist das alles so neu für mich, dass ich heute Morgen ein einziges Nervenbündel war. Ich hatte Angst, sie könnte ihre Meinung geändert haben. Dass sie sich meine Vergangenheit mit den Frauen vor Augen führen und zu dem Schluss kommen würde, ich sei das Risiko nicht wert.«

Hugh legte ihm einen Arm um die Schulter. »Mann, du bist ein toller Kerl. Das weißt du doch bestimmt. Jede Frau wäre froh, mit dir zusammen zu sein.«

»Es geht nicht darum, froh zu sein, mit mir zusammen zu sein. Ich kenne meine schlechten Seiten. Wir wissen beide, dass ich nie jemand war, der sich irgendwie niederlassen wollte, aber seit ich angefangen habe, über die Zukunft nachzudenken, sehe ich das anders. Und Kat … Meine Herren, Hugh! Kat? Sie ist die intensivste, leidenschaftlichste, intelligenteste Frau, die ich je kennengelernt habe. Endlich verstehe ich, wie du dich so schnell in Brianna verlieben konntest.«

»Und in Layla. Ich habe mich in sie beide verliebt. Ich liebe Layla, als wäre sie mein eigen Fleisch und Blut.« Hugh schaute liebevoll zu seiner Familie, die nur wenige Meter entfernt stand, und ging in die Richtung.

»Das weiß ich. Und ich meine wirklich ernst, was ich heute Morgen gesagt habe. Ich denke immer mehr darüber nach, eine Familie zu gründen. Und Kat könnte genau das Öl sein, das mein Getriebe braucht. Als sie beim Frühstück nicht vor mir zurückgewichen ist, war ich so froh.« Kat schaute auf und ihre Blicke trafen sich. Sein Herz tat einen Sprung, und die Fähigkeit, gleichzeitig zu gehen und zu reden, kam ihm plötzlich abhanden. Er blieb unvermittelt stehen. »Ich bin derjenige, der froh sein kann, Mann! Und wenn sie mich nimmt, werde ich dafür sorgen, dass sie es nie bereut.«

Bevor sie die letzten Schritte hin zu Kat gingen, sagte er: »Ich glaube, dein Vater hat den Nagel auf den Kopf getroffen, als er sagte, dass das Herz einen lenkt. Ich könnte ebenso wenig Kat den Rücken kehren, wie ich dem Rennfahren den Rücken kehren könnte.«

Zwölf

Eric hielt einen Jutesack in die Höhe, lächelte Kat an und ignorierte das Grinsen, mit dem Hugh sie beide bedachte, während er und Layla in ihren eigenen Kartoffelsack stiegen. Rex und Brianna sowie etwa ein Dutzend anderer Paare bereiteten sich ebenfalls für das große Wettrennen vor, während Jade wegen ihrer fortgeschrittenen Schwangerschaft nicht teilnehmen konnte und mit Christian an der Seite stand, um sie alle anzufeuern.

»Willst du mit mir in einen Sack?«, fragte Eric Kat.

»Und ob.« Kat hielt sich an seinem Arm fest und genoss es, seine harten Muskeln zu spüren und die heiße Glut in seinen Augen zu sehen. Leise raunte sie ihm zu: »Ich hab was zum Angeben. Ich kann sagen, ich habe den Vorsitzenden der Stiftung im Sack.«

Herzhaft lachend warf er den Kopf in den Nacken. »Darling, was mich angeht, kannst du so viel angeben, wie du willst.« Er küsste sie auf den Mund und sie wäre fast dahingeschmolzen.

Den ganzen Tag hatte sie ihn voller Bewunderung beobachtet. Der Mann plauderte ebenso ungezwungen mit den reichen Spendern und Unternehmenschefs, wie er begeistert kleine Babys auf den Arm nahm und sich mit Teenagern ein paar Bälle zuwarf. Er schenkte Erwachsenen und Kindern gleichermaßen seine Aufmerksamkeit, und das machte ihn für Kat nur noch sympathischer. Erics Präsenz war so gefestigt und beherrschend wie ein großer Baum. Kat konnte sich vorstellen, dass er in einem dunklen Anzug mit Krawatte genauso lässig-elegant gewirkt hätte wie in seinen Jeans. Und als er nun den Arm um sie legte und verliebt grinste, sah er aus wie ein ungeduldiger Junge, der ein Wettrennen gewinnen wollte – und die Mischung aus heiß, sexy und verspielt ließ sie gleich noch mehr ins Schwärmen geraten.

Das Wettrennen wurde unter lauten Anfeuerungsrufen der Zuschauer gestartet, und Kat stolperte gleich zu Anfang über eine Unebenheit im Rasen. Eric fing sie jedoch auf, bevor sie mit dem Gesicht voran im Gras landete, und zog sie fest an sich.

»Alles in Ordnung, du anmutiges Reh?«

Sie lachte. »Sehr nett, danke. Lass uns jetzt dieses Wettrennen gewinnen!«

Mit seinem starken Arm um ihre Taille gelegt fanden sie ihren Rhythmus und holten schnell zu Rex und Brianna auf. Rex packte ihren Kartoffelsack.

»Wollt ihr irgendwo hin?« Sein Stetson hielt sich unverrückbar auf seinem Kopf, und der herausfordernde Blick in seinen dunklen Augen brachte Kat so sehr zum Lachen, dass sie fast wieder hingefallen wäre.

Erics starker Arm um ihre Taille rettete sie auch diesmal. Er sah Rex voller Ehrgeiz an und nun musste auch Rex lachen. »Wir wollen einfach nur ins Ziel, und zwar vor euch.« Er schaute zu Hugh und seiner Tochter und sagte zu Kat: »Lassen wir Layla zuerst ins Ziel.«

In dieser Sekunde war sie gleich noch mehr von ihm angetan, und sie war kurz davor, nicht nur Hals über Kopf ins Ziel zu stolpern, sondern sich wirklich und wahrhaftig in Eric zu verlieben.

Eric behielt Layla im Auge und wurde etwas langsamer, bis die Kleine es über die Ziellinie geschafft hatte. Layla freute sich unbändig und fiel Hugh kreischend in die Arme. Dann rannte sie zu Eric und Kat und umarmte sie beide.

»Ihr wart richtig gut. Tut mir leid, dass ihr uns nicht geschlagen habt, aber ihr habt das wirklich toll gemacht!« Sie drehte sich zu Rex und Brianna um und schlang Bree die Arme um den Hals. »Wir haben dich geschlagen, Mom! Dad und ich haben gewonnen!«

Kat hätte schwören können, dass sie Sehnsucht in Erics Augen sah, als er die Szene verfolgte.

»Das habt ihr!«, sagte Brianna zu ihrer aufgeregten Tochter. »Du warst großartig!«

»Ja, aber du warst auch toll!« Layla umarmte sie noch einmal, bevor sie zurück zu Hugh flitzte und ihn aufs Neue umarmte.

Briannas Blick traf auf Kats, und ihre feuchten Augen ließen auch bei Kat fast die Tränen fließen. Sie wusste, wie viel es Brianna bedeutete, dass Layla Hugh so abgöttisch liebte. Sie spürte Erics Arm um ihre Schulter und sie lehnte sich an ihn.

»Ach, ich liebe dieses kleine Mädchen«, sagte sie wehmütig.

»Ich habe das Gefühl, dass du eines Tages dein eigenes kleines Mädchen haben wirst, das ebenso wunderbar sein wird.« Eric zog sie eng an sich, und als sie ihn fragend ansah, sagte er: »Was ist? Du bist eine Frau, die Kinder haben möchte. Ich mein ja nur ...«

Sie wusste nicht, was sie mehr überraschte – dass der Mann, den sie als Frauenheld abgestempelt hatte, sie vor den Augen so vieler wichtiger Menschen im Arm hielt und mit ihr über eine

Zukunft sprach, oder die Tatsache, dass sie sich tatsächlich eine Zukunft mit ihm vorstellen konnte, obwohl sie ihn doch erst seit gerade mal achtundvierzig Stunden kannte.

Dreizehn

Eric wurde noch immer von diesem Glücksgefühl getragen, das ihn den ganzen Nachmittag erfüllt hatte, als er und Kat später am Abend die Ranch für ihr Date verließen. Nach dem Sackhüpfen waren sie unzertrennbar gewesen, und als sie nach dem Picknick zur Ranch zurückgekehrt waren, hatten sie sich wie ein richtiges Paar gefühlt. Wie selbstverständlich hatte er Kat im Arm gehalten, während sie Hope einen Besuch abstatteten, obwohl Hal auch dort gewesen war und sich mit der alten Stute unterhalten hatte – und zum Glück hatte Kat sich nicht nur offen gezeigt, sondern seine liebevollen Gesten aufrichtig erwidert.

Jetzt hielt er an der Rennstrecke an und schaltete den Motor aus.

»Was machen wir hier?« Kat spähte in die Dunkelheit.

»Das wirst du gleich sehen.« Er ging um das Auto herum und öffnete die Tür, um sie dann an sich zu ziehen, als sie ausstieg. »Du sagtest, dass du gern schnell fährst, und das ist auf der Straße nicht ganz ungefährlich, aber hier …«

»Ich werde keinen Rennwagen fahren«, gab sie entschieden von sich.

»Nein? Tja, dann fahr mit mir mit, aber zuerst …« Er senkte seinen Mund auf ihren und gab dem Verlangen nach, das ihn schon zu lange gequält hatte. Ihre Lippen waren warm und süß, und als er mit seiner Zunge über ihre glitt, gab sie diesen hingebungsvollen Laut von sich, den er in seinen Träumen gehört hatte, und das Geräusch hätte beinahe einen Schalter in ihm umgelegt. Er musste seine ganze Beherrschung aufbringen, um sich von ihr zu lösen.

»Ich liebe es, dich zu küssen«, sagte er an ihren Lippen, bevor er ihren Mund ein weiteres Mal eroberte. »Ich möchte nie aufhören.«

Ein brennendes Begehren, ein schmerzhaftes Bedürfnis nach einem weiteren Kuss brodelte in ihm, und als er seine Lippen auf ihre legte, seine Zunge ihren Mund erforschte, schwand sein Entschluss, es langsam anzugehen, mit jedem ihrer sexy Laute, die ihr entwichen. Seine Hand glitt über ihre Hüfte hin zu den Kurven ihres Hinterns. Der war fest und rund, und Eric konnte es nicht abwarten, ihn nackt unter sich zu sehen. Er war steinhart, und jede Bewegung von ihr brachte ihn näher an den Punkt, an dem er jegliche Kontrolle verlieren und seine Hand zu all den weichen dunklen Stellen wandern lassen würde, nach denen er sich so sehnte.

Mist. Das hier war alles andere als langsam. Aber, verdammt, sie fühlte sich so gut an, sie schmeckte so gut.

Mit einem Stöhnen riss er sich von ihr los. »Kat, mehr als ich jemals irgendwas zuvor wollte, möchte ich dich lieben, aber ...«

Schwer atmend legte sie die Hände flach auf seine Brust. »Wir haben einen so schlechten Einfluss aufeinander. Entschuldige.«

»Nein, Darling. Wir sind perfekt füreinander, und das hier ist allein meine Schuld. Ich kann dir nicht widerstehen.« Er hob ihr Kinn an, damit er seine Lippen wieder auf ihre legen konnte, dieses Mal jedoch ganz sanft. »Ich möchte dir einen Abend schenken, den du nie vergessen wirst, und so sehr ich auch möchte, dass du dabei so viel Lust empfindest, dass du danach nie wieder einen anderen Mann berühren willst, so habe ich mir doch geschworen, ein Gentleman zu sein.«

Ihr Blick verdunkelte sich, als sie leise lachend erwiderte: »Hm, das ist aber ein ziemlich blöder Schwur.«

»Wenn ich dich ins Bett zerre, bin ich ein Playboy. Wenn ich ein Gentleman bin, nennst du mich blöd. Du machst mich fertig.«

Mit dem Zeigefinger strich sie langsam über seine Brust. »Ich kann dich noch auf eine ganz andere Art fertigmachen.«

Er stöhnte noch einmal auf, nahm sie dann aber bei der Hand und führte sie zur Rennstrecke.

»Schnelle Autos und schnelle Männer gehören zusammen, oder?«, fragte sie, als er das Tor aufschloss.

»Man braucht eine gewisse Einstellung, um an die Grenzen zu gehen und jedes Mal sein Leben zu riskieren, wenn man auf die Piste geht, und dieses Bedürfnis nach Gefahr wirkt sich wahrscheinlich auf mehrere Lebensbereiche aus.« Als sie den Asphalt betraten, gingen die Lichter an und erhellten die verlassene Rennstrecke sowie die Tribüne am Rand. Erics Herzschlag nahm bei dem spektakulären Anblick sofort an Fahrt auf. Das geschah jedes verdammte Mal, egal ob er ein Rennen fuhr oder nicht. Der Nervenkitzel des Rennens und sein permanentes Bedürfnis nach Geschwindigkeit jagten Adrenalin durch seine Adern.

»Wow, wie hast du es geschafft, dass wir hier allein hineindürfen?« Mit großen Augen schaute sie über die Rennstrecke, bis ihr Blick schließlich auf seinem silbernen Jaguar XJ220 landete. »Und, wow, wem gehört denn *das* Auto?«

Er holte sein Handy hervor und schickte eine kurze Nachricht an seinen Kumpel Clay, um ihm dafür zu danken, dass er die Vorbereitungen für den heutigen Abend getroffen hatte und noch lang genug geblieben war, um sich um die Beleuchtung zu kümmern. »Berühmt zu sein, hat seine Vorteile. Ich lasse nur selten meine Beziehungen spielen, aber der Abend heute«, er nahm ihre Hand und führte sie zu dem Auto, »ist etwas Besonderes.« Es war herrlich, das Staunen in ihren Augen zu sehen, aber nicht, weil er es für sein Ego brauchte. Es war schön, Kat glücklich zu sehen, zu wissen, dass *sie* wie etwas Besonderes behandelt wurde, so wie sie es verdiente. Er meinte es ernst mit dem Wunsch, diese Nacht unvergesslich für sie zu machen, und dass er dafür ein paar Beziehungen hatte spielen lassen müssen, wurde mit ihrem Lächeln tausendfach belohnt.

Er öffnete die Fahrertür des Jaguars und forderte sie mit einer Handbewegung auf, sich hineinzusetzen. »Dies ist dein Abend, Darling. Genieß eine Tour mit dem guten Stück.«

Kat trat einen Schritt zurück und schüttelte den Kopf. »Oh nein! Ich kann doch kein Auto fahren, das mehr kostet, als ich in meinem ganzen Leben verdient habe.«

»Du hast gar keine Ahnung, wie süß du bist, oder?« Er legte eine Hand auf ihre Hüfte und hob ihr Kinn mit einem Finger an. »Das ist ein Auto, Kat. Kein Flugzeug.«

Sie schüttelte den Kopf. »Ich kann das nicht.«

»Doch, das kannst du. Ich dachte, du überwindest gern deine Ängste.«

»Schon, aber …«

Er zog sie an sich. »In Ordnung, dann nehme ich dich zuerst mit auf eine Spritztour und anschließend kannst du dich hinters Lenkrad setzen.« Er geleitete sie zum Beifahrersitz und beobachtete, wie sie sanft über das weiche Leder der Sitze strich. »Als hättest du nie in einem anderen Auto gesessen …«, sagte er und ließ ihren Gurt einschnappen. Er konnte gar nicht anders, als sie noch einmal zu küssen, bevor er sich auf den Fahrersitz setzte.

Der Motor des Autos heulte auf, und er drückte ihre Hand kurz, die er dann auch noch küsste. »Halt dich gut fest, Kitty Kat, denn dies wird die Fahrt deines Lebens.«

»Bitte keinen Unfall!« Sie hielt sich krampfhaft an dem Sitz fest.

»Mit einer so wertvollen Fracht auf keinen Fall.«

Der Abend war kühl, aber Kats ganzer Körper stand in Flammen. Sie konnte es gar nicht fassen, dass Eric all das hier für sie organisiert hatte, und sie fragte sich, wie er sein Auto hierherbekommen hatte, nachdem er sich ja am Flughafen einen Mietwagen genommen hatte. Aber all diese Fragen waren vergessen, als er auf der Rennstrecke durchstartete und ihr Herzschlag fast aussetzte.

»Hilfe! Das ist so schnell!« Sie konnte gar nicht anders als zu schreien. Da war zu viel Angst und zugleich eine zu große Euphorie, die sie erfassten. Draußen raste alles verschwommen an ihr vorbei. Noch nie hatte sie eine solche Angst empfunden, aber Eric war der Inbegriff eines ruhigen, selbstbewussten und abgebrühten Rennfahrers. Sein Blick lag konzentriert auf der Strecke, sein Kinn angespannt, und die Hände umfassten das Lenkrad mit Kraft und Anmut gleichzeitig.

»Das ist noch gar nichts. Ich lasse den Motor nur warmlaufen.« Er zwinkerte, ohne den Blick von der Straße abzuwenden. »Ich würde ja deine Hand halten, aber bei dieser Geschwindigkeit geht die Sicherheit vor.«

»Wie schnell fahren wir denn?«

»Nicht besonders schnell. Gut zweihundertzwanzig.«

Omeingott!

»Entspann dich, Darling. Ich habe ein bisschen Erfahrung mit schnellen Autos.« Er drückte das Gaspedal noch weiter durch, und Kat spürte, wie ihr ganzer Körper in den Sitz gedrückt wurde.

»Mach die Augen zu«, sagte er. »Spüre die Geschwindigkeit.«

Sie schloss die Augen und konzentrierte sich darauf, wie ihr Herz in ihrem Brustkorb hämmerte. Sie war sich nicht sicher, ob es an der Geschwindigkeit oder einfach nur an Eric lag.

»Tief einatmen und langsam wieder ausatmen.«

Sie kam seiner Aufforderung nach, gleich mehrmals.

»So ist es gut, Darling.«

»Ich spüre keine einzige Unebenheit der Straße!« Sie hatte die Augen noch immer geschlossen, und für sie war es die unglaublichste Erfahrung überhaupt, sich ihm so vollkommen anzuvertrauen und jegliche Kontrolle abzugeben. »Als schwebten wir über dem Boden. Aber viel intensiver, wie eine Achterbahn ohne all die Kurven und Abfahrten.« Sie löste die Hände von dem Sitz und legte sie in den Schoß. Ihre Gliedmaßen kribbelten vor lauter Adrenalin, aber die Angst schwand allmählich.

»Irgendwann nehme ich dich mal in einem meiner Cabrios mit«, dann spürst du die Geschwindigkeit wirklich. Es gibt nichts Schöneres als den Wind, der an dir vorbeirauscht. Absolut erfrischend.«

Sie fühlte seine Energie, sein Selbstvertrauen, und als sie die Augen öffnete, sah sie, dass ein breites Lächeln auf seinem Gesicht lag, und das linderte ihre Angst noch mehr. »Wow, du liebst das hier wirklich!«

»Es gibt nur wenige Dinge, die ich noch mehr liebe als das schnelle Fahren. Du musst geradeausgucken, nicht zur Seite. Spüre die Energie der Rennstrecke, die Kontrolle, die Kraft unter dir.«

Sie versuchte, sich auf all das zu konzentrieren, was er sagte, aber ihr Blick huschte immer wieder zu ihm zurück. Er, nicht das Auto, strahlte Energie, Kraft und Kontrolle aus, und das zog sie noch mehr in seinen Bann.

Er fuhr langsamer, als sie auf die Gerade kamen, die zu der Stelle führte, an der sie losgefahren waren, und als er schließlich anhielt, raste Kats Herz noch immer. Sie atmete heftig, aber nicht die Angst ließ ihren Puls in die Höhe schießen, sondern die Euphorie in Erics Gesicht zu sehen, den Nervenkitzel zu spüren, den das Fahren ihm brachte. Als er nach ihrer Hand griff, merkte sie, dass sie ihre Oberschenkel umklammerte. Er nahm ihre beiden Hände in seine.

»Bist du bereit für eine Spritztour hinterm Lenkrad?«

»Ich hab eine Riesenangst, aber ich will es probieren. Schnell zu fahren bin ich gewohnt, aber das hier ist eine ganz andere Art von schnell.« Sie biss sich bei diesem Geständnis auf die Unterlippe und legte seine Hand auf ihr Herz. »Fühlst du das?«

»Das ist der Nervenkitzel.« Er lehnte sich über die Mittelkonsole und küsste sie dorthin, wo gerade noch seine Hand gewesen war. Ein Schauer der Lust erfasste sie.

Als er um das Auto herum auf ihre Seite kam und ihr beim Aussteigen behilflich war, stand sie auf wackeligen Beinen.

»Du zitterst ja.« Er zog sie eng an sich und strich ihr über den Rücken. »Aber das ist vollkommen normal. Lass dich davon nicht verunsichern.«

»So schnell werde ich nicht fahren, aber du bist bei mir, ja?« Sie spürte, dass sein Herz heftiger schlug, als er zu erkennen gab.

»Natürlich, ich bin die ganze Zeit bei dir.«

»Dein Herz schlägt so schnell, aber du wirkst so ruhig.«

Er küsste sie zärtlich auf die Stirn. Er war ebenso stark wie sanft, und es war schön, all seine Seiten kennenzulernen.

»In meinem ganzen Leben ist es immer um Schnelligkeit gegangen.« Er wurde ernst, und ein dunklerer, tiefgründigerer Ausdruck huschte über sein Gesicht, der aber rasch wieder verschwand, als wäre er es auch gewohnt, bestimmte Seiten von sich wegzusperren. »Komm, ich weise dich ein.«

Er half ihr auf den Fahrersitz und schnallte sie an, nicht ohne den Gurt testend einmal anzuziehen und dann loszulassen.

»Oje …« Sie schlug die Hand vor den Mund, als sie merkte, dass sie das Auto gar nicht fahren konnte. »Das ist ja ein Schaltgetriebe. Damit kann ich nicht fahren.«

Er lachte. »Du bist noch nie mit Schaltung gefahren?«

Sie schüttelte den Kopf. »Ich komme mir so blöd vor. Ich war so aufgeregt, dass ich gar nicht gemerkt habe, wie du die Gänge eingelegt hast.«

»Tja, dann bekommst du jetzt wohl erst einmal eine Fahrstunde.« Er schloss die Tür und ging zum Beifahrersitz. »Weißt du theoretisch, wie man schaltet?«

»Klar. Kupplung durchdrücken, Gang einlegen, mit dem rechten Fuß aufs Gaspedal.«

Dieses sexy Lächeln umspielte seine Lippen. »Super. Dann mal los.«

»Augenblick mal! Was? Kann ich die Kupplung nicht irgendwie kaputtmachen oder so? Ich habe das wirklich noch nie gemacht, und dieses Auto hat bestimmt ein kleines Vermögen gekostet.«

»Darling, ich habe ein kleines Vermögen und du wirst die Kupplung nicht kaputtmachen. Komm, wir versuchen es jetzt mal.«

»Ich mag es, wenn du mich *Darling* nennst«, gestand sie in dem Versuch, sich selbst etwas von ihrer Nervosität abzulenken.

»Das ist gut, denn ich nenne dich gern *Darling*.« Sein Blick wurde noch intensiver.

»Nennst du all deine Frauen so?« *Oh Mist. Sprechdurchfall* … Sie hatte ihre Nerven eindeutig nicht im Griff.

Er wandte den Blick ab, und als er sie wieder ansah, war er sehr ernst. »Es ist ja nun nicht so, als hätte ich einen Harem um mich geschart.«

»So meinte ich das nicht. Es tut mir leid. Ich bin einfach nur nervös und denke nicht nach, bevor ich rede.«

»Kat, ich war mit jeder Menge Frauen zusammen, und ich habe keine Ahnung, wie ich sie genannt habe und wie nicht, aber ich kann dir eines sagen: Ich habe mich noch nie mit jemandem so gefühlt wie mit dir. *Darling* fühlt sich für mich einfach nur ganz natürlich an, wenn ich mit dir zusammen bin, aber wenn du dich dabei unwohl fühlst, kann ich dich anders nennen.«

Jetzt kam sie sich noch blöder vor. »Entschuldige! Bitte bleib dabei. Ich mag es wirklich sehr, wenn du mich so nennst. Dabei wird mir innerlich ganz schwummerig. Es war eine alberne Frage.«

»Aha, schwummerig also? Warum nur törnt mich das so an?« Er lehnte sich über die Mittelkonsole. »Das war überhaupt keine alberne Frage. Sie war echt, und ich mag *echt*. Glaub mir.

Es gibt tausende Fragen, die ich dir über die Männer stellen möchte, mit denen du zusammen warst, aber die Antworten würden mich nur quälen, also tue ich einfach so, als wärst du nie mit einem anderen zusammen gewesen. Für den Moment funktioniert das ganz gut.«

Sie lachte. »Das versuche ich auch mal.«

Wieder hob er ihr Kinn mit seinem Finger an. Ihr gefiel diese Geste, denn er schenkte ihr seine volle Aufmerksamkeit, und sie wusste, dass er ihre wollte, da er etwas Wichtiges zu sagen hatte. »Sei einfach weiterhin du selbst. Ich werde all deine Fragen ehrlich beantworten.« Er küsste sie sanft und setzte sich wieder richtig auf den Beifahrersitz.

»Noch irgendwelche Fragen, bevor wir loslegen?«

»Nur eine.« Sie hielt kurz inne, weil sie Angst davor hatte, wie sie die Antwort auf ihre Frage wohl aufnehmen würde. »Hast du das hier schon jemals für eine Frau getan? Sie mit auf die Rennstrecke genommen, wenn die eigentlich geschlossen ist, und sie dein Auto fahren lassen?«

Sein inniger Blick ließ sie keine Sekunde los. »Kein einziges Mal. Ich habe noch nie eine Frau eines meiner Autos fahren lassen. Ach was, außer mein Team lasse ich niemanden hinter das Steuer meiner Autos.«

»Warum mich?«

Er sah sie lange an, und als er schließlich sprach, hatte er die Augenbrauen zusammengezogen, doch er antwortete mit einem Lächeln: »Ich habe schon gesagt, dass du irgendetwas an dir hast, das in mir den Wunsch weckt, dir näher zu sein. Ich habe das Gefühl, du bist ein Teil von mir. Als wärst du schon immer ein Teil von mir gewesen. Ich weiß, es ist verrückt, aber *verrückt* hat sich noch nie so richtig angefühlt.«

Sie atmete langsam aus, nachdem sie unbewusst die Luft

angehalten hatte. »Das Ferienlager.«

Er legte eine Hand auf ihre. »Habe ich dich mit meiner direkten Antwort verschreckt?«

»Kein bisschen. Ich hatte auch das Gefühl, dich zu kennen, und nach gestern Abend kann ich nicht aufhören, an dich zu denken. An uns.«

»Das ist wohl das Schönste, was ich je gehört habe. Jetzt lass uns mal herausfinden, ob wir eine Rennfahrerin aus dir machen können.«

»In Ordnung.« Angesichts seiner aufgeregt funkelnden Augen musste sie lächeln. »Aber eines ist klar. Falls ich dein Auto zu Schrott fahre … Ich habe dich gewarnt. All meine weltlichen Besitztümer würden nicht ausreichen, um das zu bezahlen, was ich hier kaputtmachen könnte. Da bin ich mir zu hundert Prozent sicher.«

»Ich bin sicher, es gibt interessantere Möglichkeiten, wie du mich entschädigen könntest.« Ein verschmitztes Grinsen breitete sich auf seinem Gesicht aus, während er die Hand auf ihren Oberschenkel legte.

»Himmel, du weißt, wie du eine Frau auf Trab hältst.«

»Auf Trab ist ganz und gar nicht die Art, wie ich dich gern halten würde.«

Wie sollte sie sich bei solchen Bemerkungen noch konzentrieren?

»Sollen wir?« Er deutete auf die Fahrbahn. »Manche machen sich gern bei ausgeschaltetem Motor mit allem vertraut, und tun so, als würden sie beschleunigen und Gänge einlegen, aber ich bin eher jemand, der sich unter realen Bedingungen einfühlt. Starte doch einfach und lass ihn erst mal rollen.«

»Starten, rollen lassen, verstanden.« Ihr Herz raste nach seinen zweideutigen Bemerkungen noch immer. Sie versuchte sich darauf zu konzentrieren, den ersten Gang einzulegen, doch das Auto ruckelte nur kurz nach vorne und dann war der Motor abgewürgt.

»Kein Problem. Versuch es noch mal.«

»Tut mir leid, ich bin echt eine Niete in so was.«

»Nein, bist du nicht«, erwiderte er mit einem beruhigenden Lächeln. »Du lernst etwas, und wenn man etwas lernen will, dauert das eben seine Zeit. Hör einfach auf, daran zu denken, mich ins Bett zu kriegen, und konzentriere dich aufs Fahren.«

Sie lachte. »Danke, das ist sehr hilfreich.«

»Du weißt selbst ganz genau, dass du mich willst.« Sein Tonfall trieb ihr die Röte ins Gesicht. »Pass auf, wir machen einen Deal: Wenn du uns heil über diese Rennstrecke bringst, überlege ich mir, ob ich dich mal an meine Karosserie ranlasse.«

Sie funkelte ihn an. »Als wäre dir daran gelegen, dass ich nicht fahren könnte!«

Mit seinem so verdammt sexy Lächeln und einem Achselzucken entgegnete er: »Das wollen wir lieber nicht erleben. Konzentrier dich auf die Straße und fahr das gute Stück, damit wir zum vergnüglichen Teil übergehen können.«

Sie legte den ersten Gang ein und fuhr an, dann den zweiten. »Vielleicht will ich den vergnüglichen Teil gar nicht.«

»Unwahrscheinlich«, sagte er, als sie weiter hochschaltete. »Guck dich doch mal an. Du bist für diese Art des Fahrens wie geschaffen. Wenn du so weitermachst, Darling, lass ich dich vielleicht auch mal an meine Ducati ran.«

»Keine Ahnung, was das ist, aber wenn das ein anderes Wort für dein bestes Stück ist, dann hast du noch lange nicht gesehen, wozu ich fähig bin.« Sie zeigte ihr schönstes anzüglich flirtendes Lächeln, während sie weiterhin die Straße im Blick behielt und auf hundertzwanzig beschleunigte. »Das ist der

Hammer!«

Er schmunzelte. »Du bist unglaublich sexy, wenn du fährst. Wie fühlt es sich an?«

»Wunderbar!«

»Sag mir, was du wirklich spürst, Kat. Du bist zu klug für floskelhafte Antworten, und ich möchte, dass du den Nervenkitzel beim Fahren wirklich lebst. Konzentriere dich darauf, wie es sich in dir anfühlt. Verrate mir, was *du* fühlst.«

Es gefiel ihr, wie er sie herausforderte, und es war schön, dass sie ihm so wichtig war und er sich nach ihren wahren Gefühlen erkundigte. Mit seinen Worten gewann sie noch mehr an Selbstvertrauen, und so beschleunigte sie auf hundertdreißig. »Es fühlt sich gefährlich und aufregend an, so wie du.«

»Ich fühle mich gefährlich und aufregend an?«

»Absolut, und ich wünschte, die Fenster wären offen und ich könnte fühlen, wie die Welt an mir vorbeirast.«

»Entspanne deine Hände am Steuer ein kleines bisschen. Es ist wichtig, dass du die Kontrolle hast, aber es ist auch wichtig, nicht zu vergessen, dass du die Kontrolle hast. Und dazu gehört, dass du die Kraft spürst, die man braucht, um das Fahrzeug zu beherrschen, und zu wissen, woher die Kraft kommt. Wenn du zu angespannt bist, sind deine Reflexe langsamer.«

Sie lockerte den Griff ums Lenkrad ein wenig und linderte damit auch den Schmerz in den verkrampften Fingern. »Fühlt sich wirklich besser an. Du scheinst Erfahrung mit dem Ganzen hier zu haben«, scherzte sie.

»Spür die Kraft, Kat. Spür sie am ganzen Körper. Wenn du aussteigst, wirst du merken, dass alles an dir – Rücken, Beine, Füße, Hände, Nacken – angespannt war. Entspann dich gerade so, dass du noch die Kontrolle über das Auto behältst, ohne Angst zu haben. Werde eins mit der Energie. Nimm sie auf, aber lass dich von ihr nicht beherrschen. Du hast die Kontrolle.«

Sie konzentrierte sich auf jeden einzelnen Muskel und merkte, dass er recht hatte. Ihr ganzer Körper war ein einziger Nervenstrang. »Wahnsinn. Warte …« Sie wollte tiefer in sich gehen, ihm mehr offenbaren. »Diese schwindelerregende Angst ist weg und jetzt ist es ein euphorisches Hoch. Irgendwie unwirklich, als wäre ich von einem Gefühl von Freiheit und Kraft durchdrungen. Den Reiz des schnellen Fahrens verstehe ich total.«

»Mein furchtloses Wunder.«

Sie genoss es, das Besitzergreifende in seiner Stimme zu hören.

»Bist du bereit, noch mehr Ängste zu überwinden?«

»Noch mehr? Soll ich anhalten?«

»Wie du willst. Dies ist dein Abend. Dreh so viele Runden, wie du möchtest. Ich könnte dir den ganzen Abend beim Fahren zusehen.« Leiser fuhr er fort: »Aber es gibt noch andere, lustvollere Dinge, die ich auch gern tun würde.«

Das war zu verlockend. Sie konnte sich gut vorstellen, was lustvollere Dinge mit einem Mann wie Eric sein konnten.

Vierzehn

»Ich fasse es nicht, dass du mir dieses Luxusauto anvertraut hast! Vielen Dank! Das war das aufregendste Date, das ich je hatte.«

Sie hatte ja keine Ahnung, was er heute Abend noch für sie in petto hatte. »War es das schon für dich?«

»Nein, ich meinte nur, bisher war es wunderv… anregender als jedes andere Date in meinem ganzen Leben.«

Er zog sie an sich. »Du kannst ruhig ›wundervoll‹ sagen, Kat.« Er strich ihre Haare über die Schulter zurück und spürte ihren schneller werdenden Herzschlag an seinem, als sie sich an ihn schmiegte. »Ich möchte nur sicher sein, dass du die Momente, die du erleben willst, ganz bewusst wahrnimmst, in all ihren Facetten. Mit all deinen Sinnen. Die meisten Menschen rauschen auf der Oberfläche durch ihr Leben, aber die Erfahrung ist viel intensiver, wenn du dich Schicht für Schicht vorantastest.«

»Schicht für Schicht«, wiederholte sie fast flüsternd. »Jetzt muss ich daran denken, wie ich all diese Sinne anders einsetze.«

»Oh, das werden wir. So wie jetzt, wenn ich dich im Arm halte. Dein Parfum dringt in meine Sinne und ich kann – allein durch mein Gedächtnis – deinen Mund auf meinem schmecken. Der schnelle Puls an deinem Hals zeigt mir deinen

Herzschlag, den ich heftig an meinem fühle. Deine Finger an meinem Rücken senden Signale durch meinen ganzen Körper und wecken all meine Sinne.« Er drückte seine Lippen auf ihre und gönnte sich einen zärtlichen Vorgeschmack auf das, was hoffentlich noch kam. »Gestehe dir zu, dass du alles, was du tust, in seiner Vollkommenheit erlebst.«

Er senkte die Lippen auf ihren Hals und küsste sie unterhalb des Ohres. »Die Angst«, flüsterte er und küsste dann die Grube an ihrem Hals. »Die freudige Erwartung.« Er legte seine Wange an ihre, zog sie fester an sich und ließ sie spüren, welche Wirkung sie auf ihn hatte. »Die Anziehungskraft des Unbekannten.«

Er spürte, dass sie die Luft anhielt, und flüsterte: »Atme, Kat. Fühle.«

Als er ihren Mund mit einem weiteren heißen Kuss verschloss, musste er all seine Willenskraft aufbringen, um sich nicht von seinem Begehren mitreißen zu lassen. Er wollte alles mit ihr erleben, aber vor allem wollte er heute Abend ihr Vertrauen gewinnen und sie neue und aufregende Dinge erleben lassen, damit sie verstand, wie besonders sie war. Als sich ihre Lippen voneinander lösten, schauten sie sich in die Augen und die Leidenschaft zwischen ihnen loderte.

»Du hast mir noch einen Abend geschenkt, und ich beabsichtige, jede Sekunde davon zu nutzen.« Er nahm ihre Hand und führte sie durch das Tor hinaus zu dem Notlandeplatz hinter der Rennstrecke, wo sein Hubschrauber bereitstand.

Bei dem Anblick blieb sie abrupt stehen. »Ein Hubschrauber?«

»Nur, um uns zum Essen zu bringen.«

»Essen?« Sie umklammerte seine Hand noch fester. »Ich fliege schon nicht gern im Flugzeug. Wie kommst du auf die

Idee, dass ich in diese herumwirbelnde Todesmaschine einsteigen würde?«

Er lächelte, denn er spürte ihre Stärke hinter der Angst. »Du allein bestimmst, was wir tun. Wenn du Nein sagst, nehmen wir den Mietwagen und fahren ins Restaurant. Aber wenn du mir vertraust, dann wirst du erkennen, dass es keine Angst gibt, die du nicht überwinden kannst.«

»Aber … es ist dunkel und wir sind in den Bergen.«

Er zog sie wieder fest an sich. »Stimmt beides. Und unser Restaurant liegt oben auf einem Berg, nur wenige Minuten von hier. Damit sind wir schneller, und es ist eine einfache Möglichkeit, dich deiner Angst zu stellen. Es geht allein um die Erfahrung.«

»Versuchst du, mich mit deinem Geld für dich zu gewinnen? Denn ich mach mir nichts aus Geld.« Sie verschränkte die Arme.

»So schmerzhaft diese Anschuldigung auch ist, ich verstehe, dass es so aussehen könnte. Aber die Antwort lautet Nein. Ich versuche, dich dafür zu gewinnen, dass du siehst, wie sehr du und ich aus dem gleichen Holz geschnitzt sind. Ich kenne mich mit Ängsten sehr gut aus, Kat. Ich weiß, wie es ist, vor ihnen davonzulaufen oder sie zu überwinden.« Er schwieg und ließ die Wahrheit seines Geständnisses sacken.

»Ich möchte derjenige sein, der dir dabei hilft, deine zu überwinden, und zwar alle. Kat, soweit ich weiß, habe ich noch einen Abend Zeit, dir zu zeigen, wer ich bin. Nicht den Mann, den die Medien sehen oder für den die Leute mich halten. Ich habe überlegt, ob ich dich in ein schlichtes Restaurant ausführen soll, mit dir Champagner trinken und mit dem Rest von Weston tanzen soll. Das hat etwas Verlockendes, stimmt. Aber das würde dir rein gar nichts über mich verraten. Es würde nur beweisen, dass ich weiß, wie das Dating-Spiel läuft, aber mit dir fühlt es sich nicht an wie ein Spiel. Es fühlt sich real an.«

Er atmete schwer aus und rieb sich den Nacken, während er überlegte, wie er erklären sollte, was in ihm vorging. Aber das alles war so neu, dass er keine Ahnung hatte, womit er anfangen sollte.

Argwöhnisch schaute sie zum Hubschrauber. »Du fühlst dich darin wirklich sicher?«

»Immer. Sicherheit ist meine oberste Priorität. Und ich habe für heute Abend einen Piloten engagiert, damit ich dafür sorgen kann, dass du dich auch sicher fühlst. Ich hätte auch selbst fliegen können, aber ich wollte ganz bei dir sein, für den Fall, dass du mich brauchst.«

Ihr Blick war voller Zärtlichkeit. »Das hast du getan?«

»Ja. Ich versuche nicht, dich zu beeindrucken oder mir deine Zuneigung zu erkaufen, Kat. Denn dann hätte ich eine Stretchlimo gemietet, die uns ins teuerste Restaurant fährt, hätte die teuerste Flasche Wein gekauft und dich mit billigen Schmeicheleien zugetextet. Ich könnte alle möglichen Frauen haben, so wie du jeden Mann haben könntest – woran ich überhaupt nicht denke. Und bevor du fragst … Ich habe noch nie eine Frau in meinem Hubschrauber mitgenommen.« Er sah ihr tief in die Augen und hoffte, sie würde die Aufrichtigkeit in seinen sehen. »Die Wahrheit ist … Ich möchte, dass du dich in mich verliebst, weil ich so bin, wie ich wirklich tief in meinem Innersten bin. Und ein großer Teil dieses Mannes will dir unbedingt dabei helfen, deine Ängste zu überwinden, damit du das Leben so genießen kannst, wie ich es tue.«

Sie seufzte, als gefiele ihr, was sie hörte. »Danke, dass du mich so siehst. Das bedeutet mir viel.«

»Hoffentlich bedeute *ich* dir eines Tages auch viel.«

Kat konnte gar nicht glauben, dass sie überhaupt darüber nachdachte, in den Hubschrauber einzusteigen. Doch mit Erics Arm um sie gelegt, seinem beschützenden Blick, als würde er niemals zulassen, dass ihr etwas zustoßen könnte, und nach seinen Worten über die so wichtigen Erfahrungen war sie bereit dazu. Was nicht nur für sie selbst, sondern auch für ihn eine Überraschung war. Sie sah in seinen Augen die gleiche Überzeugung, die sie bemerkt hatte, als er über die Hilfe für die Familien durch seine Stiftung gesprochen hatte, und sie fand es schön, dass es ihm Freude bereitete, ihr zu helfen.

»Du kannst Nein sagen, Kat, aber wenn du es versuchst, gefällt es dir vielleicht. Es ist so wie schnelles Autofahren, nur hundert Mal besser, und ich bin bei dir und halte dich die ganze Zeit. Auch wenn du das gar nicht brauchst, denn du bist stärker, als du denkst.«

Sie atmete tief ein und nahm all ihren Mut zusammen. »Du musst wissen, dass ich wieder eine Heidenangst habe.«

»Du entscheidest, und egal wie, ich werde nicht enttäuscht sein.« Er streichelte ihr über die Wange und sprach sanft weiter. »Aber du hattest auch eine Heidenangst, mit Schaltung zu fahren, und am Ende hast du dem Auto gezeigt, was Sache ist.«

Lachend legte sie die Wange an seine Brust. »In Ordnung. Aber wenn wir abstürzen, geht das auf dein Konto.«

Kat war überzeugt, ihr Herz würde explodieren, als sie in den Hubschrauber stieg, aber sie war dankbar, dass Eric ihr ganz nah war, ihr beim Anschnallen in den weichen Ledersitzen half und ihr ein Headset aufsetzte.

»Darüber können wir uns unterhalten und hören nicht so

viel von dem Fluglärm.« Er nahm ihre Hand und setzte sich neben sie. »Ich bin so stolz auf dich.«

»Vielleicht nicht mehr, wenn ich gleich wie ein Baby heule und mitten im Flug aussteigen will.«

Er deutete auf die Klappe, hinter der die Notfallausrüstung untergebracht war. »Keine Sorge. Wir haben Fallschirme, und ich weiß, wie man die benutzt.«

»Gibt es irgendetwas, was du nicht kannst?« Wahrscheinlich nicht. Sie konnte praktisch sehen, wie es hinter diesen intensiv blickenden Augen arbeitete, bis er schließlich antwortete.

»Vielleicht. Ich hatte nie eine feste Partnerin, aber ich lerne gerade. Tag eins läuft bisher ziemlich gut.« Er musste die Überraschung in ihrem Gesicht gesehen haben, denn schnell fügte er hinzu: »Sieh mich nicht so schockiert an. Du hast gesagt, dass du versuchst, den richtigen Mann anzuziehen, und ich möchte dieser Mann sein. Du hast deine Ängste, und ich habe meine, aber zusammen können wir alles schaffen.«

Noch bevor Kat antworten konnte, fragte der Pilot, ob sie bereit waren, und Eric gab ihm das Okay. Die Kopfhörer halfen gegen den Lärm der Rotorblätter, aber bei den Vibrationen und dem flauen Gefühl im Magen beim Abheben des Hubschraubers wünschte sie, sie wäre am Boden geblieben.

Eric legte einen Arm um ihre Schulter und zog sie an sich. »Ich bin bei dir, Kat. Es ist fast so wie in einem Aufzug.«

Seine Stimme klang beruhigend in ihren Ohren, und sein Arm lag stark und besitzergreifend um sie, sodass sie sich wohler fühlen konnte.

»Kannst du mich gut hören?«, fragte er.

Sie nickte.

»Ich werde die ganze Zeit mit dir reden. Mit deinem Magen alles in Ordnung? Ist dir übel?«

Sie schüttelte den Kopf. »Es ist so, als würde man auf dem Wasser treiben, aber irgendwie auch wie in der Achterbahn.«

»Ja, aber du wirst dich mehr und mehr daran gewöhnen. Wenn du Angst bekommst, drück einfach ganz fest meine Hand, okay?«

Sie nickte, aber vor ihrem inneren Auge sah sie sich auf seinen Schoß klettern, als der Hubschrauber vertikal nach oben zu schweben schien und sie in den Sitz gedrückt wurde. Sie drückte seine Hand, und er legte den Arm noch fester um sie, als der Hubschrauber sich vorwärtsbewegte.

»Besser?«

»Ja«, brachte sie schließlich heraus. Seine Berührung beruhigte sie, und er beobachtete sie so eingehend, als könnte er ihr jegliches Unbehagen nehmen – was er wahrscheinlich sogar konnte –, damit sie sich vollkommen sicher fühlte.

»Schau hinaus und sieh dir die Lichter der Stadt an.« Er zeigte zum Fenster hinaus und nahm dann schnell wieder ihre Hand.

Kats Brustkorb schien zu bersten, während sich das letzte bisschen Angst verflüchtigte. »Noch nie habe ich etwas so Spektakuläres gesehen. Wir sind viel tiefer, als wir es im Flugzeug waren.«

»Dort fliegen wir hin.« Er deutete zu den Bergen, und wenige Minuten später war ein Kreis aus grünen Lichtern zu erkennen. »Da landen wir.«

»Was gibt es hier oben?« Die Lichter der Stadt verschwanden hinter ihnen und zu sehen war nur die Beleuchtung des Landeplatzes.

»Abendessen«, sagte er beiläufig, als wäre es das Normalste auf der Welt, mit einem Hubschrauber zum Essen auf einen Berg zu fliegen. »Wie fühlst du dich?«

»Beschwingt. Etwas nervös, aber nicht so sehr, dass ich es nicht wieder machen würde, und glücklich.« Sie schaute ihm in die Augen. »Richtig, richtig glücklich, weil du das hier für mich machen wolltest. Ich habe auch das Gefühl, dass du mich total verwöhnst und ich dir nach all dem hier ordentlich etwas schulde.«

»Darling, du schuldest mir rein gar nichts, und lass dir von einem Mann nie das Gefühl geben, dass du ihm etwas schuldest. Niemals. Ich mache etwas, weil ich es will, nicht um eine Gegenleistung zu erhalten.«

Die Vehemenz, mit der er das sagte, überraschte sie. Der Hubschrauber landete, Eric half ihr heraus und eilte mit ihr unter den Rotorblättern hindurch, wobei er sich schützend über sie beugte, bis sie aus dem Lichterkreis herausgerannt waren.

»Geht es dir gut?« Er sah sie prüfend an, und sein Blick glitt an ihrem Körper hinunter, sodass ihr ein Schauer über den Rücken rann.

»Perfekt.«

»Was fühlst du?«

Es war schön, dass er mehr wissen wollte. Die meisten Männer wären mit einer Ein-Wort-Antwort zufrieden gewesen. Ihr schwirrte nach der Aufregung des Flugs noch immer der Kopf, aber sie versuchte, wieder klar zu denken. »Ich spüre wieder eine gewisse Kraft in mir. Als hätte es mich noch stärker gemacht, dass ich mich meiner Angst gestellt habe.«

»Das ist das Schöne an unserer Psyche. Die Angst ist nur hier drin.« Er tippte sich an den Kopf. »Wenn du diese Angst erkennen und relativieren kannst, dann merkst du, dass es nichts ist, was dich beherrschen oder einschränken muss.«

»Aus genau dem Grund habe ich mich entschieden, beruflich neue Wege zu gehen, aber ich habe diesen Gedanken noch nicht mit meinen anderen Ängsten in Verbindung gebracht.«

»Ich musste das leider in sehr jungen Jahren lernen. Die Entschlossenheit in dir habe ich gleich erkannt, als sich unsere Blicke das erste Mal in der Bar begegneten«, sagte er und legte ihre Hand an seine Wange. »Ich muss kurz mit dem Piloten reden. Versprich mir, dass du nicht wieder näher an den Hubschrauber herangehst. Die Rotorblätter sind gefährlich.«

»Versprochen.« Sie würde ihm alles versprechen. Er war so fürsorglich und aufmerksam, und gleichzeitig war seine Zärtlichkeit – anders als bei allen anderen Männern – begleitet von einem sinnlich-sexuellen Unterton, wie sie es noch nie erlebt hatte. Und sie spürte, dass ihm die Ehrlichkeit in Bezug auf seine Vergangenheit nicht leichtfiel, aber aufrichtig war.

»Ich bin so froh, dass du den Mut für diesen Flug aufgebracht hast.« Er drückte seine Lippen auf ihre. »Bin gleich wieder da.«

Sie beobachtete, wie er mit dem Piloten sprach und dabei alle paar Sekunden aufmerksam zu ihr herüberblickte. Sie war noch nie mit einem Mann ausgegangen, der sich so auf sie eingestellt hatte oder sich auch nur die Mühe gemacht hatte, es zu versuchen. Sie schaute sich auf dem verlassenen Berggipfel um und fragte sich, was er als Nächstes für sie beide geplant hatte, denn ein Restaurant war nirgends in Sicht.

Der Pilot stieg wieder in den Hubschrauber ein und Eric kam zu Kat herübergelaufen. Mit seinem Körper schützte er sie vor dem Wind, als er sie weiter vom Hubschrauber fortführte, der beim Aufsteigen noch mehr Staub aufwirbelte.

»Er lässt uns hier? Gehen wir als Nächstes etwa bergsteigen?«, brüllte sie über den Hubschrauberlärm hinweg.

Er lachte. »Hättest du etwas dagegen?«

»Du siehst viel zu ernst aus. Ja, nachts wäre das nichts für mich, aber tagsüber vielleicht schon.« Sie genoss es, dass er sie wieder eng an sich zog. Sie passte perfekt dorthin und er roch himmlisch.

Nachdem sich der Hubschrauber entfernt hatte, lächelte er sie an und strich ihr Haare aus den Augen. »Heute Abend ist keine Bergwanderung geplant, versprochen.« Er führte sie vom Landeplatz fort zu einem schwarzen Land Rover, der am Waldrand stand. Hier gab es eine Straße, die sie bisher nicht gesehen hatte.

»Du bist wie James Bond, für den immer irgendwelche Autos und Hubschrauber auftauchen, wenn er sie gerade braucht.« Sie setzte sich auf den Beifahrersitz und freute sich über sein tiefes Lachen, als er hinter dem Lenkrad Platz nahm.

»Ah ja, James Bond also? Das habe ich auch noch nicht gehört.« Er ließ den Motor an, und die Scheinwerfer beleuchteten die Straße, die von Bäumen beschirmt wurde. »Wir sind auf dem Weg zum Falling Grace. Warst du schon einmal dort?«

»Nein, aber es klingt entweder sehr unheimlich oder ziemlich romantisch.«

Er nahm ihre Hand. »Ich kann dir versichern, dass daran nichts unheimlich ist.«

Wenige Minuten später hielten sie vor dem Falling Grace, einem schlossähnlichen Restaurant am Rand eines schroffen Abhangs. In jedem Fenster flackerten Kerzen, und funkelnde Lichter erleuchteten den Wald, der das Grundstück zur anderen Seite hin umgab, was dem Abend etwas Zauberhaftes verlieh. Bodenleuchten säumten einen steinernen Plattenweg, der sich durch den Garten schlängelte. Auf der einen Seite des Weges entdeckte sie einen Brunnen, auf der anderen standen kunstvolle Skulpturen.

Kat schaute auf ihre Jeans hinunter, dann zu den teuren

Autos um sie herum. »Ich bin mir nicht sicher, ob ich für den Laden hier richtig angezogen bin.«

»Darling, die Kleidung bestimmt nicht, ob man in ein Restaurant passt oder nicht. Du siehst in deinen Jeans ebenso umwerfend aus wie in einem Kleid oder einem Kostüm.« Er legte seine Hand auf ihren unteren Rücken und zog ihren Körper wieder an seinen.

Niemals würde sie seiner Nähe überdrüssig werden.

Sein Blick wanderte von ihren Augen zu ihrem Mund, dann wieder aufwärts, und allein damit nahm er ihr jegliche Sorge um ihre Kleidung.

»Wir tragen beide Jeans. So wie ich die Sache sehe, können wir die Klamotten ablegen und nackt hineingehen, oder wir versuchen so unser Glück.«

Sein Lächeln war ansteckend und sein Humor machte ihn nur noch anziehender. »Dich kann auch gar nichts erschüttern, oder?«

»Das Leben ist zu kurz, um sich von Dingen erschüttern zu lassen, die unwichtig sind. Kleidung ist unbedeutend.« Er nahm ihre Hand und führte sie zum Eingang.

»Mir gefällt die Art, wie du denkst. Bist du schon immer so selbstbewusst gewesen oder kam das mit deinem Erfolg?« Sie bemerkte, wie sein Blick kurz ernst wurde, um dann genauso schnell wieder unbeschwert zu werden. Dieses schnelle intensive Nachdenken war oft bei ihm zu sehen.

»Das, mein Darling, ist eine großartige Frage.« Er hielt ihr die Tür zum Restaurant auf, ohne auf ihre Frage zu antworten, sodass Kat sich fragte, ob sie gerade einen wunden Punkt getroffen hatte.

Eine hübsche Brünette begrüßte sie mit einem freundlichen Lächeln. »Guten Abend. Willkommen im Falling Grace. Haben

Sie reserviert?«

»Ja«, antwortete Eric. »Einen Tisch für zwei, auf den Namen James, bitte.«

Die Empfangsdame riss die Augen auf, als hätte sie ihn plötzlich erkannt. »Ja, natürlich, Mr. James. Ihr Tisch ist bereit. Bitte folgen Sie mir.«

Erics Hand löste sich keine Sekunde von Kats Rücken, während sie der jungen Frau durch das schwach beleuchtete Restaurant folgten, vorbei an Tischen mit wichtig aussehenden, aufgetakelten Leuten mit herrischen Stimmen und abschätzenden Blicken. Im hinteren Bereich des Restaurants gingen sie durch eine Flügeltür und zu Kats Überraschung wurden sie zu einem Aufzug geführt. Ein gut aussehender Herr in einem dunklen Anzug begrüßte sie.

»Mr. James. Madam.« Er trat zur Seite, als sie in den Aufzug stiegen.

Kat sah Eric an und hoffte, irgendeinen Hinweis darauf zu bekommen, wohin sie unterwegs waren. Sein unbekümmertes Lächeln verriet jedoch nichts. Er legte den Arm um ihre Taille und sie lehnte sich glücklich an ihn. Sie standen hinter dem Angestellten des Hauses und Erics Hand glitt hinunter auf ihren Hintern. Sie schaute zu ihm auf und er hob eine Augenbraue. Himmel, sie liebte diese verwegene Seite an ihm.

Der Aufzug ging auf und der Herr führte sie durch einen mit Kerzen beleuchteten Flur. Es war kühler als im Restaurant, und Kat merkte, dass sie von Stein umgeben waren. Die Decke, die Wände und der Boden waren aus Felsgestein. Der Flur endete in einem Raum, der in den Berg gehauen war. Durch eine Wand aus Glas war ein spektakulärer Wasserfall zu sehen. Bunte Lichter strahlten vom Berg aus in das herabstürzende Wasser und boten einen derart grandiosen, magischen Anblick, wie sie ihn sich nie hätte ausmalen können. Sie suchte an Erics Arm nach Halt.

»Eric«, flüsterte sie voller Ehrfurcht.

»Ja?« Er lächelte und sie fand noch immer keine Worte.

Der Mann zog einen Stuhl für Kat hervor. Sie setzte sich, und bevor sie etwas sagen konnte, bedankte sich Eric schon für sie.

»Ich kümmere mich um Ihre Getränke«, sagte der Mann und ließ sie allein. Kat atmete endlich durch.

»Ich glaube nicht, dass jemandem unsere Kleidung etwas ausgemacht hat«, sagte Eric und nahm neben ihr Platz. »Es ist hoffentlich in Ordnung, dass ich dir einen Lemon Drop Martini bestellt habe. Ich dachte mir, wir sollten noch einmal von vorne anfangen.«

»Von vorne?«

Er nahm ihre Hand. »Ich hoffe, noch lange nach heute Abend mit dir zusammen zu sein, und die Geschichte, die du deinen Freunden erzählst, sollte etwas romantischer sein als die, dass wir uns gegenseitig in einer Flughafenbar aufgerissen haben.«

Ihr Herz tat einen Sprung. »Das ist wirklich sehr aufmerksam.«

»Und ein wenig egoistisch, fürchte ich. Du hast sicher auch männliche Freunde, und ich möchte nicht, dass die sich vorstellen, wie du auf der Herrentoilette unzüchtige Dinge anstellst.«

Sie lachte. »Das würde ich nie jemandem erzählen.«

Er hob eine Augenbraue. »Ich habe das Gefühl, Brianna weiß es.«

Sie biss sich auf die Unterlippe, und er legte die freie Hand in ihren Nacken, um sie näher an sich zu ziehen.

»Das ist in Ordnung, Darling. Es war nur Spaß. Ich möchte nur, dass du eine Geschichte hast, die du voller Stolz erzählen kannst, und nicht eine, bei der du dich fragst, ob du einen Fehler gemacht hast.«

»Danke.« Sie lehnte sich vor und küsste ihn.

Er vertiefte den Kuss, schob sein Knie zwischen ihre Beine und rückte näher heran. Der feste Druck seiner Lippen jagte ihr einen heißen Schauer durch den Körper. Den ganzen Abend schon hatte sie sich danach gesehnt, ihn zu küssen, und jetzt – mit dem herabstürzenden Wasserfall direkt hinter dem Fenster und den tanzenden Schatten in dem ganz für sie allein reservierten kerzenbeleuchteten Raum – gab sie sich dieser Sehnsucht hin. Mit der Zunge erforschte er ihren Mund. Dann zog er sich etwas zurück und leckte über ihre Unterlippe, während sie heftig atmete und hungrig nach mehr strebte. Sie legte die Arme um seinen Hals und ihre Münder prallten hart aufeinander. Seine Hände glitten hinunter zu ihren Hüften, hielten sie und brannten sich nahezu durch den Stoff. Am liebsten hätte sie sich rittlings auf ihn gesetzt und ihre Körper entscheiden lassen, was als Nächstes geschah, doch das Geräusch von Schritten riss sie zurück in die Realität, und so ließ sie rasch mit einem von Verlust erfüllten Seufzer von ihm ab.

Seine Hand löste sich von ihrer Hüfte, glitt über ihren Unterarm, und dann verschränkte er seine Hand mit ihrer, als könnte auch er die verlorengegangene Verbindung kaum ertragen.

Die heiße Spannung, die sie beide ergriffen hatte, war so spürbar, dass auch der Kellner, der zurückgekehrt war und nun die Getränke auf den Tisch stellte, sie bemerken musste.

»Möchten Sie gern erst die Speisekarte in Ruhe durchsehen?«, fragte er.

»Ja, bitte. Wir klingeln, wenn wir so weit sind.« Eric deutete auf eine Taste neben dem Eingang, die Kat bisher nicht gesehen hatte. Sie fragte sich, woher er wusste, wozu diese Taste diente, und sagte sich, dass er wahrscheinlich schon einmal hier gewesen war.

Es spielte keine Rolle. Jetzt war er mit ihr hier, und nur das zählte.

»Wie Sie wünschen, mein Herr.« Mit einem Nicken zog sich der Kellner wieder zurück.

»Wo waren wir stehengeblieben?« Mit beiden Händen umfasste er ihre Hüften und zog sie auf seinen Schoß. Er strich ihr die Haare über die Schulter und küsste sie auf die Wange. »Es ist unglaublich schwer, dir zu widerstehen. Ich hatte wirklich die besten Absichten für unser Date heute Abend, also versuche nicht, mir an die Wäsche zu gehen.«

»Ha! Du bist unverschämt sexy und witzig und –«

Hungrig traf sein Mund auf ihren, und seine Hände vergruben sich in ihren Haaren und hielten sie, während er sie nahezu verschlang. Seine Lippen waren hart, wie alles an ihm, während er küsste und knabberte und ihre Unterlippe in seinen Mund saugte, bevor er sie wieder gierig küsste.

Sie drückte ihre Brust an seine, und dann waren seine Hände auf ihrem Rücken, glitten an den Seiten hinab und dann – endlich – streichelte er ihre Brüste. Sie ließ den Kopf in den Nacken fallen, solch eine Lust bereitete ihr seine Berührung. Seine Zähne fuhren über ihr Schlüsselbein und seine Zunge glitt heiß zwischen ihren Brüsten entlang.

»Himmel, ich will dich schmecken«, sagte er zwischen Küssen. Er nahm ihr Gesicht zwischen die Hände und sah ihr tief in die Augen. »Meine guten Absichten sind dahin, Kat. Ich kann nichts dafür. Wenn ich mit dir allein bin, löschst du meinen

Verstand aus.«

»Halt den Mund«, sagte sie und drückte ihre Lippen auf seine.

Seine Daumen strichen über ihre Nippel, und sofort spürte sie, wie fest die Spitzen unter seiner Berührung wurden. Sie sehnten sich nach mehr. *Sie* sehnte sich nach mehr, während sie sich an seine Erektion drängte. Seine Lippen waren fordernd, dann wurden sie sanfter, schenkten ihr langsame, berauschende Küsse, die ihr ein Stöhnen entlockten.

»Kat«, sagte er an ihren Lippen. »Mach die Augen auf, Darling. Lass mich dich sehen.«

Sie blinzelte, und erst dann wurde ihr klar, wie sehr sie sich in ihm verloren hatte, wie heftig sie atmete.

»Hi.« Er strich ihr die Haare hinter das Ohr.

»Hi.«

»Nichts wäre mir lieber, als dich hier und jetzt auf den Tisch zu legen und dich zu lieben. Und deine wunderschönen Augen zu sehen, während du dich deiner Lust hingibst.«

Sie atmete hörbar aus.

»Du bist so verdammt sexy, du bringst mich um.« Ein sanftes Lächeln trat in sein Gesicht und dann legte er seine Stirn an ihre. »Ich möchte dich berühren, Kat. Sag Nein, und ich halte mich zurück. Sag Ja, und dann sorge ich dafür, dass du noch vor dem Essen kommst.« Er drückte seine Wange an ihre. »Und noch viele Male danach.«

Fünfzehn

Er vermasselte es gerade, dessen war er sich sicher, aber Eric konnte einfach nicht aufhören, Kat zu berühren. Er musste ihr Schaudern spüren, und ihre errötende Haut und ihre dunkler werdenden Augen verrieten ihm, dass sie ebenso erregt war wie er.

Telefonisch hatte er das Separee reserviert, allerdings mit der Absicht zu reden, nicht mit dem Ziel herumzumachen. Aber in Kats Gegenwart konnte er froh sein, dass er es überhaupt so lange ausgehalten hatte. Alles an ihr – von der Art, wie sie ihn beobachtete, bis hin zu dem Gefühl, ihre Hand zu halten – machte ihn an, und er wusste, dass er nie genug von ihr bekommen würde.

Ihr Blick ließ ihn keine Sekunde los. »Ja«, sagte sie mit zittriger Stimme.

»Kat.« Ihr Name schlich über seine Lippen, bevor er sie sofort wieder mit einem umwerfenden Kuss eroberte.

»Komm mit, Süße.« Er erhob sich mit ihr und küsste sie erneut, tief und langsam, während er es genoss, wie sie sich an ihn schmiegte, als er ihre Jeans aufknöpfte, um dann mit der Hand unter ihren Slip zu gleiten. »Oh, Baby, du bist ja so bereit für mich.«

Er verschloss ihren Mund mit seinem, während er sie mit der Hand reizte und den Kuss noch mehr vertiefte. Er tauchte seinen Finger in sie und wurde mit einem sehnsuchtsvollen Stöhnen belohnt. Behutsam drückte er sie an die raue, kalte Wand, während er ihren Mund liebkoste und mit dem Daumen über ihre Perle glitt, nur um einen weiteren aufregenden Seufzer zu hören.

»Ich liebe diese Laute. So sexy.« Mit den Zähnen strich er über ihren Hals, als er mit seinen Fingern tief in sie eindrang, mit dem Daumen ihre Perle reizte und dabei den Punkt suchte, der sie in unendliche Höhen entführen würde.

Sie ließ den Kopf in den Nacken fallen, und er glitt mit der anderen Hand unter ihr T-Shirt und drückte ihren Nippel, während er ihren Mund mit einem derben Kuss wieder eroberte. Stromschläge fuhren durch seinen Körper, als sie auf Zehenspitzen ging und sich so fest in seine Oberarme krallte, dass er mit Sicherheit Spuren davontragen würde.

»Ich will dich mit meinem Mund lieben, Darling«, stieß er heftig atmend hervor.

Er saugte ihre Zunge in seinen Mund, doch auch das war nicht genug. Auf Knien wollte er ihre Süße kosten, doch sie war so kurz davor zu kommen, dass sie nur noch stockend atmete. Er hob ihr T-Shirt an und riss ihren BH beiseite, um einen perfekten rosigen Nippel zu offenbaren. Bei diesem Anblick stöhnte nun er auf, bevor er ihre Brust in den Mund nahm und mit den Zähnen über ihre feste Spitze strich.

»Oh mein Gott!«, schrie sie. »Eric … Ja … Aah!«

Er saugte fester und seine Finger bewegten sich schneller. Ihre Beine zitterten, und sie packte seine Haare, damit sein Mund sie nicht verließ. Mit den Zähnen reizte er sie weiter, denn er spürte ihr Verlangen nach mehr.

»Ja! Ja! Oh mein Gott!« Sie atmete heftig ein, als sie an seiner Hand zerbarst. Heiß und feucht pulsierte ihre Mitte um seine Finger.

Sein Mund fand den ihren wieder und langsam begleitete er sie hinab. Er ließ seine Finger in ihr, bis die letzten Zuckungen ihres Höhepunktes abgeklungen waren, und er hielt sie fest, bis sich ihre Atmung beruhigt hatte und sie sich matt an ihn schmiegte. Und in diesem intimen Augenblick war er so verdammt sicher, dass sie die einzige, die perfekte Frau für ihn war, dass er es ihr fast gesagt hätte.

Sie schaute zu ihm auf und dieser sinnliche Ausdruck in ihren Augen hätte ihn fast umgehauen. »Was ist mit dir?«, fragte sie so unfassbar süß, dass er fast die Beherrschung verloren hätte.

»Ich kann warten.«

»Aber ...« Sie griff zwischen seine Beine und rieb seine pochende Härte.

»Meine Glückseligkeit ist etwas unsauberer als deine.« Erneut küsste er sie. »Aber die Vorfreude wird die Lust vervielfachen. Das Warten wird sich lohnen.« Er half ihr, die Hose zurechtzurücken, und begleitete sie zur Damentoilette, an der sie auf dem Weg zum Separee vorbeigekommen waren. »Ich warte hier auf dich. Lass dir Zeit.«

Nachdem sie auf der Toilette verschwunden war, drehte er sich zur Wand um und drückte die Faust dagegen, um seine Gefühle unter Kontrolle zu bekommen.

Die Tür zur Damentoilette ging auf und ihre Hand erschien, mit der sie sein T-Shirt packte und ihn hineinzog. Noch bevor er etwas sagen konnte, öffnete sie schon seine Hose und zog sie hinunter.

»Kat, wir müssen nicht ...«

Sie verschloss seinen Mund mit ihren Lippen und ließ ihn aufstöhnen, als sie die Hand in seinen Schritt legte.

»Aah!« Er vergrub die Finger in ihren Haaren und hielt ihren Mund auf seinem.

Sie drückte sich von seiner Brust ab. »Psst.« Sie legte einen Finger auf seine Lippen und sah ihn herausfordernd an. »Jetzt bin ich an der Reihe.«

Sie ging auf die Knie – der Inbegriff seiner wahrgewordenen Fantasien – und leckte über seinen Schaft, vom Ansatz bis hin zu der breiten Spitze, um ihn dann mit ihrem Mund zu umschließen.

Er stöhnte erneut auf und drückte die Handflächen an die Wand, damit er nicht ihren Kopf packte und sie führte, während er ihren unfassbar talentierten Mund liebte.

Sie legte die Hand um seine Hoden, glitt mit dem Finger über die empfindliche Haut dahinter und streichelte ihn mit der anderen Hand und ihrem Mund. Sie schloss die Hand fest um ihn und seine Hüfte schoss unkontrolliert nach vorne. Es war sinnlos. Er konnte sich nicht zurückhalten. Er schob die Hände in ihre Haare, während er sein Becken vor- und zurückstieß. Himmel, wenn sie so weitermachte, würde er schnell kommen. Er machte die Augen zu, um gegen die prickelnde Hitze anzukämpfen, die ihm über den Rücken kroch.

»Kat«, brummte er. »Hör auf, Kat. Ich komme gleich.«

Sie gab seine pulsierende Härte frei und leckte sich über die Lippen. »So gibt es weniger Sauerei.« Wieder nahm sie ihn tief in den Mund, blickte ihm in die Augen und brachte ihn um den Verstand.

»Das musst du nicht«, stieß er hervor. Aber verdammt, sie fühlte sich so gut an. Ihr Mund war eine Schatzhöhle der Lust, heiß und feucht und so willig. Ihre Lippen um seinen Schaft zu sehen, war das Erotischste, was er je erlebt hatte, und als sie sich zurückzog, mit der Zunge über seine sensible Spitze glitt und einen schimmernden Tropfen ableckte, verlor er fast augenblicklich die Kontrolle.

»Ich will dich kosten«, sagte sie, nahm ihn wieder tief in sich auf, glitt gleichzeitig mit dem Finger zwischen seine Backen und raubte ihm die letzte Beherrschung. Er kam gewaltig, stöhnte mit aufeinandergepressten Kiefern und sie schluckte seinen Saft bis auf den allerletzten Tropfen.

Er ließ den Kopf laut ausatmend nach vorne sacken und half ihr beim Aufstehen, während sie sich über ihre glänzenden geschwollenen Lippen leckte. »Du bist so verdammt unfassbar.«

Als er ihren Mund mit seinem verschloss, schmeckte er sich selbst, doch es war egal. Ihr Verlangen nach ihm machte ihn noch mehr an. Nur Sekunden später war er wieder hart, er sehnte sich nach mehr von ihr und wollte sie eng um sich spüren. Er suchte nach dem Knopf ihrer Jeans, doch sie zog sie bereits hinunter. Im selben Augenblick entledigte er sich seiner Stiefel und seiner Hose, die er zur Seite trat, um dann Kat bei ihrer zu helfen.

»Kondom«, sagte sie rasch.

Er bückte sich noch einmal nach seiner Hose, holte eines aus seinem Portemonnaie heraus, das er mit den Zähnen aufriss und sich eilig überstreifte. Mühelos hob er sie hoch und senkte sie auf seinen harten Schaft hinab. Beide stöhnten auf.

»Was haben wir beide nur immer mit den Toilettenräumen?« Er drückte seine Lippen auf ihre, als er heftig und herrlich tief in sie eindrang.

»Manche mögen Hotelzimmer. Ich finde, wir sind sexyer.« Sie hielt sich an seinen Schultern fest, während er ihre Hüften umklammerte und sie sich in einem schnellen, gleichmäßigen

Rhythmus bewegten.

»*Du* bist unverschämt sexy. Aber irgendwann bekomme ich dich auch noch ins Bett.«

»Kann es gar nicht abwarten.« Sie senkte die Lippen auf seine, und er drückte sie an die Wand, damit er noch tiefer in sie eindringen konnte. »Warte«, sagte sie an seinen Lippen.

Sie löste sich von ihm, drehte sich um und stemmte die Hände gegen die Wand, wobei sie sich leicht vorbeugte. Als sie über die Schulter sah und die Haare ihr vor die Augen fielen, verlor Eric fast die Kontrolle.

»Nimm mich noch härter«, forderte sie ihn auf.

Von hinten legte er einen Arm um ihre Taille und stieß in sie. »Verdammt. Lange halte ich das nicht aus.« Mit der anderen Hand strich er über ihre Perle, und genau wie er war sie kurz davor, zu zerbersten. Er spürte es an ihren zitternden Beinen, an der Enge in ihrer Mitte. Als er die Zähne in ihre Schulter grub, ihre Hüfte zuckte und ihre inneren Muskeln sich um ihn zusammenzogen, folgte er ihr in kosmische Höhen und fand seine eigene intensive Erlösung.

Die Wange an Kats Rücken geschmiegt, genoss er den Nebel aus Lust und Verlangen und verrückter Liebe, der ihn umgab. Es lag ihm auf der Zunge. Diese drei verdammten Worte, von denen er nie geglaubt hatte, dass er sie einmal fühlen, geschweige denn sagen wollen würde. Doch er schluckte sie hinunter, während er Kat fest im Arm hielt, bis sie beide wieder normal atmeten. Dann drehte er sie herum und küsste sie sanft.

»Ich will mehr als das mit dir, Kat.«

Sein Blick bohrte sich in ihren. Seine Worte umhüllten ihr hektisch schlagendes Herz. Sie hatte Angst, zuzugeben, dass sie genau das auch wollte.

»Ich meine es ernst. Ich möchte mit dir reden, dich noch besser kennenlernen und mehr Zeit mit dir verbringen. Ich will dich anständig lieben, in einem richtigen Bett, und am liebsten mit dir in meinen Armen aufwachen.« Er drückte seine Lippen auf ihre. »Das habe ich noch nie zuvor gewollt.«

Wie gern wollte sie ihm glauben! Aber sie war nicht naiv, und sie hatte Angst davor, zu glauben, dass er wirklich mehr wollte, eine Zukunft wollte. »Wir haben dieses Wochenende. Konzentrieren wir uns darauf.«

Er zog die Augenbrauen zusammen. »Darauf konzentrieren? Du willst nicht mehr?«

»Doch. Mehr als du dir vorstellen kannst, aber ich werde mir nichts vormachen und glauben, dass ein Typ wie du sich mit einer Frau wie mir zufriedengeben könnte.«

Er fuhr sich durch die Haare und zog sich dann die Hose hoch. »Im Ernst? Ich wusste, wir hätten nicht so herummachen sollen. Ein Typ wie ich?«

Die Verärgerung war ihm anzusehen, als sie in ihre Jeans stieg und den Reißverschluss hochzog. Sie berührte seinen Arm, doch er wich zurück.

»Ich meinte nur, dass du nicht das Gefühl haben musst, irgendwelche Versprechungen zu machen, die du nicht halten kannst. Ich bin ein großes Mädchen, Eric. Ich weiß, dass du haufenweise Frauen hast, und du hast dein Leben, zu dem nicht irgendeine Barkeeperin Schrägstrich Kellnerin aus Richmond in Virginia gehört, die sich als PR-Agentin ausprobieren will.« Sie sah ihm fest in die Augen, und als er ihr die Hände entgegenstreckte, ergriff sie sie bereitwillig.

Er zog sie an sich und sein Tonfall wurde sanfter. »Kat, ich bin nicht so ein Typ. Ich mache keine Versprechen, die ich nicht halten kann. Ach was, ich mache keine Versprechen. Punkt.« Forschend sah er ihr in die Augen, und sie fragte sich, ob er sehen konnte, wie sie sich an jedes seiner Worte klammerte. Ihr hoffnungsvolles Herz hing an einem seidenen Faden.

»Außer dir, Kat. Ich möchte mehr mit dir, und ich bin bereit, dir Versprechen zu machen, die ich mit Sicherheit halten werde.« Er fuhr sich durch die Haare. »Ich möchte, dass in mein Leben eine Barkeeperin Schrägstrich Kellnerin aus Richmond in Virginia gehört.«

Sie bekam fast keine Luft, so sehr schwoll ihr Herz an.

»Sag, dass du das auch möchtest, Kat. Sag, dass du empfindest, was ich empfinde. Sag, dass du auch das Gefühl hast, als würden endlich all die Puzzleteile deines Lebens ineinanderpassen.« Er streichelte ihre Wange und der Kloß in ihrem Hals wurde noch größer. »Du bist immer ein Teil von mir gewesen, und ich möchte, dass sich das nie ändert.«

Sie hörte die Aufrichtigkeit in seiner Stimme, sah das Flehen in seinem Blick. Himmel, wie war es möglich gewesen, dass sie ihr Herz so vollkommen und so schnell an ihn verloren hatte? »Ich will es, Eric. Ich will das alles. Ich habe einfach nur Angst.«

»Ich auch.« Er drückte seine Lippen auf ihre. »Aber nicht vor uns. Ich habe Angst, diesen Raum zu verlassen und nie wieder das zu fühlen, was ich jetzt fühle. Ich habe Angst, dich wieder zwanzig Jahre lang nicht zu sehen.«

Sie schnappte nach Luft, um sicherzugehen, dass sie überhaupt noch atmete. »Ich bin hier bei dir. Aber was machen wir jetzt?«

Sein Lächeln war voller Erleichterung, und es war so sexy

und von Liebe erfüllt, dass sie sich noch enger an ihn schmiegte, nur um sicher zu sein, dass er das Gleiche in ihren Augen sah wie sie in seinen.

»Ich denke, wir fangen erst einmal mit dem Essen an«, sagte er und küsste sie erneut. »Und anschließend machen wir mit dem Nachtisch weiter. Und dann kommt für uns hoffentlich die Ewigkeit.«

Lust auf mehr prickelnde Liebesromane?

Ich hoffe, die Geschichte von Kat und Eric zu lesen, hat Ihnen ebenso sehr gefallen, wie mir, sie zu schreiben. Wenn Sie mehr über Hugh und Brianna erfahren wollen, finden Sie ihre Liebesgeschichte in *Verspielte Herzen*. Oder Sie tauchen in das erste Buch der Serie ein, *Im Herzen eins —neu erzählt*, und lesen alle Braden-Romane.

Neu bei »Love in Bloom – Herzen im Aufbruch«?

Ich hoffe, Ihnen hat dieser Kurzroman aus der Welt der Bradens genauso viel Vergnügen bereitet wie mir. Falls dieser Band Ihr erstes Buch aus der Reihe »Love in Bloom – Herzen im Aufbruch« ist, warten noch jede Menge Geschichten über unsere sexy, selbstbewussten und loyalen Heldinnen und Helden auf Sie.

Die Bradens ist nur eine der Serien aus meiner großen Sammlung von Liebesromanen mit Tiefgang, Humor und Happy-End-Garantie. In allen Büchern finden Sie eine abgeschlossene Geschichte, die auch für sich allein gelesen werden kann. Figuren aus den einzelnen Serien und Büchern der weitverzweigten »Love in Bloom – Herzen im Aufbruch«-Familien tauchen immer wieder auch in den anderen Bänden auf. So verpassen Sie nie eine Verlobung, eine Hochzeit oder eine Geburt. Wenn Sie mögen, lernen Sie doch auch die anderen Serien der Reihe kennen! Eine vollständige Liste aller auf Deutsch erschienenen und geplanten Bücher gibt es am Ende des Buches und unter dem folgenden Link finden Sie weitere Informationen:

www.MelissaFoster.com/Herzen-im-Aufbruch

Danksagung

Tagtäglich werde ich von meinen Fans und Freunden inspiriert, und mit vielen von ihnen tausche ich mich in meinem Fanclub auf Facebook aus. Falls Sie mir dort noch nicht folgen, treten Sie doch auch meinem Fanclub bei. Wir haben viel Spaß bei unseren Chats über die sexy Helden und frechen Heldinnen aus der »Love in Bloom – Herzen im Aufbruch«-Familie. Wer weiß, vielleicht inspirieren Sie mich ja zu einer Geschichte oder einer Figur und tauchen in einem meiner Bücher auf, wie es schon einige Mitglieder des Fanclubs erlebt haben.
www.Facebook.com/groups/MelissaFosterFans

Um sich über Neuigkeiten in der Welt unserer fiktionalen Freunde und über Neuerscheinungen auf dem Laufenden zu halten, folgen Sie mir am besten auf Facebook.
www.Facebook.com/MelissaFosterAuthor

Abonnieren Sie meinen Newsletter, um über Neuerscheinungen, Angebote und Veranstaltungen informiert zu werden.
www.MelissaFoster.com/Newsletter

Und vergessen Sie nicht, Ihre kostenlosen Reader Goodies herunterzuladen! Stammbäume, Serien-Checklisten und mehr finden Sie auf:
www.MelissaFoster.com/Reader-Goodies

Wie immer gilt mein unendlicher Dank meinem großartigen Redaktionsteam: Kristen Weber, Penina Lopez, Juliette Hill und Lynn Mullan, sowie auf deutscher Seite: Janet König, Stephanie Schottenhamel, Judith Zimmer. Meiner Familie, meinen Assistentinnen und Freundinnen, die mittlerweile zur Familie gehören, bin ich für ihre unermüdliche Unterstützung auf ewig dankbar.

Weihnachten mit den Bradens (Kurzgeschichte)

Liebe ungebremst (Kurzroman)

Die Bradens (Trusty, Colorado)

Bei Heimkehr Liebe

Bei Ankunft Liebe

Im Zweifel Liebe

Bei Rückkehr Liebe

Trotz allem Liebe

Bei Aufprall Liebe

Die Bradens (Peaceful Harbor)

Geheilte Herzen

Voller Einsatz für die Liebe

Liebe gegen den Strom

Vereinte Herzen

Melodie der Liebe

Sieg für die Liebe

Endlich Liebe – ein Braden-Flirt

Die Bradens & Montgomerys (Pleasant Hill – Oak Falls)

Von der Liebe umarmt

Alles für die Liebe

Pfade der Liebe

Wilde Herzen

Schenk mir dein Herz

Der Liebe auf der Spur

Verrückt nach Liebe

Liebe süß und sündig

Und dann kam die Liebe

Eine unerwartete Liebe

Die Remingtons

Spiel der Herzen

Im Dschungel der Liebe

Herzen in Flammen

Herzen im Schnee

Liebe zwischen den Zeilen

Von der Liebe berührt

Seaside Summers

Träume in Seaside

Herzen in Seaside

Hoffnung in Seaside

Geheimnisse in Seaside

Nächte in Seaside

Herzklopfen in Seaside

Sehnsucht in Seaside

Geflüster in Seaside
Sternenhimmel über Seaside

Die Ryders

Von der Liebe bestimmt
Von der Liebe erobert
Von der Liebe verführt
Von der Liebe gerettet
Von der Liebe gefunden

Die Whiskeys: Dark Knights aus Peaceful Harbor

Tru Blue – Im Herzen stark
Truly, Madly, Whiskey – Für immer und ganz
Driving Whiskey Wild – Herz über Kopf
Wicked Whiskey Love – Ganz und gar Liebe
Mad About Moon – Verrückt nach dir
Taming My Whiskey – Im Herzen wild
The Gritty Truth – Kein Blick zurück
In For A Penny – Süßes Glück
Running on Diesel – Harte Zeiten für die Liebe

Die Whiskeys: Dark Knights von der Redemption Ranch

Immer Ärger mit Whiskey

Um Whiskeys willen

…

Entdecken Sie Melissa Fosters Bücher auch auf:

www.MelissaFoster.com/Herzen-im-Aufbruch

www.ingramcontent.com/pod-product-compliance
Lightning Source LLC
Chambersburg PA
CBHW061449210726
48287CB00007B/2422